ノベライズ

知らないカノジョ

久保田和馬

脚本

登米裕一　福谷圭祐

1

ガロアスは逃げていた。どうして追われているのか、ここがどこなのかもわからないまま。

目を覚ました時には、すでにこの世界にいた。いったいどれくらいの時間、自分は眠っていたのだろうか。身体が錆びついてしまったかのように重たい。土でできた白い壁に触れると、ひんやりと冷たい。明かり取りのための小さな窓からは、細かい砂埃が入り込んでいる。

外は見渡す限り深い砂で覆われている。ガロアスは、自分がガロアスであるということだけははっきり記憶していた。しかしそれ以上のことはおぼろげだった。自分はいったい何者で、なぜこんな荒れ果てた地にいるのだろうか。空に浮かんだ大きな月を頼りに、彼は歩きはじめた。

どれくらい月日が流れただろうか。ここには時を刻んでくれるものは何もない。少なくとも五回は太陽が昇り、沈んでいった。ガロアスの喉はカラカラに渇き、意識も朦朧としていた。どこまで歩いても、この砂地に終わりは見えない。

こちらへと向かってくる足音が、ガロアスの耳に届いた。まるで機械のように規則正しいリズムを刻み、奴らは現れた。

顔を持たず、言葉も通じない。力尽きかけて座り込んだガロアスを取り囲むようにして近付いてきた奴らは、何かを要求することもせず、ただガロアスに銃口を向けた。

身を隠す場所などどこにもないし、この状況では逃げることもできない。両手をゆっくりと上げ、ガロアスは死を意識した。しかしその覚悟とは裏腹に、彼の身体は反射的に戦うことを選んでいた。

辺り一面を覆った砂埃がすべて地表に還った時には、その場に立っている者はガロアスしかいなかった。彼はいくつかの武器を奪い、また先に進むことにした。

しかし奴らは、次々と湧いて出てくる。いくら倒してもきりがない。体力の消耗を避けるためにも、ガロアスはひたすら走りつづけるしかなかった。

やっとの思いでたどり着いた場所は、大都会だった頃の面影を残した街だった。

灰色の空に向かって伸びる、今にも崩れ落ちそうな無数の高層ビル。分断されたハイウェイと瓦礫の山。ここにも生きた人間の気配はない。人類はすでに滅んでしまったのだろうか。それとも、奴らに滅ぼされてしまったのか。

あまりにも惨たらしい光景を前に、ガロアスの頭のなかにある仮説が浮かんだ。しかしそれは、いくらなんでも現実的ではない。ひとつだけわかっていることがあるとすれば、ここは自分が以前いた世界ではないということだ。ここにはガロアスを知る者は誰もいない。

ありし日の原形をかろうじてとどめている建物へと逃げ込み、破壊された壁の陰に隠れて息を潜める。奴らがこの建物のなかに入ってきたことは、すぐにわかった。

ザッ、ザッ、ザッと気味が悪いほどに揃った足音が響き、止まる。

大きく息を吸い込んだガロアスは、奴らから奪ったコンパクトサイズのマシンガンのグリップを強く握る。弾はもうわずかしか残っていない。壁のごくわずかな隙間から様子を窺おうとすると、すぐに察知され、無数の銃弾が飛んでくる。背後の壁が盾となって、そのほとんどを受け止めてくれたが、これもいつまでもつだろうか。

ガロアスには仲間が必要だった。この窮地を切り抜けるために手を貸してくれる誰かが……。

「おい、リク！」

どこからか梶さんの声がする。たしかに僕は梶さんを信頼しているけれど、梶さんはあっちの世界の住人だ。ガロアスを救えやしない。

「さっさとそれをしまえ！　来てるぞ、こっちに」

ああ、わかってる。奴らはもうすぐそこに来ている。でも僕は今、神林リクではない。孤独な戦士、ガロアスだ。この銃ひとつで戦い、この世界の真相を明らかにして次のステージを目指さなくてはならないんだ。

マシンガンのずしりとした重みが、ガロアスの手から失われていた。手に握っていたのは鉛筆が一本。芯の先もずいぶんと丸っこくなっていて、どうにも頼りない。

僕はガロアスとしてではなく、神林リクとして教室にいた。誰かに追われているわけでもなければ、荒廃した世界にいるわけでもない。なんの変哲もない、見慣れた大学の教室だ。

周りにいた学生たちの多くが僕のことを見ている。馬鹿にするような、憐れんでいるような、いろいろなネガティブな感情が入り交じった視線は、どれもこれもチクチクと痛い。僕に向かって銃弾のように飛んでくる無数の小さな棘を、よく肥えた頑丈そうな中年の身体が防いでくれた。

「ここがどこだかわからない。自分がいた世界ではない」

教授は僕のノートを取り上げると、抑揚のないトーンで教室中に聞こえるように読み上げた。

「しかし、ガロアスくん。それでも君はこの世界で生きていかなくちゃいけないんだ。そのためにも、僕の講義はきちんと受けておいたほうがいい」

嘲笑めいた目で僕の顔を覗き込み、閉じたノートを差しだしてきた。

僕が受け取ろうと手を伸ばすと、教授はそれをひょいと仰ぐように翻し、「また来週。神林リク先生」と嫌味ったらしく言い残して軽快なステップで持ち去っていった。

無情にもチャイムが鳴る。それに合わせて学生たちがガヤガヤと教室を出ていくあいだ、僕は八割ぐらいの悔しさと、残り二割の恥ずかしさに打ちひしがれて、机に突っ伏すことしかできなかった。

しばらくすると肩をぽんと叩かれた。顔を上げると「やっちまったな」と言いたげな表情の梶さんがいた。

梶さんは同じ文学部の先輩で、学科はたしか違ったはずだ。二年生の時にたまたま授業で隣の席になって、どういう流れだったかはもう忘れたが、僕が小説を書いていると話したらすごく食いついてきた。そこからよく話すようになった。

僕が少しずつ書き進めているファンタジー小説『蒼龍戦記』が完成するのを、楽しみにしてくれている唯一の人だ。

初めて会った時には梶さんはすでに四年生だった。僕が四年生になった今、同じ学年になった。僕らの通っている慶明大学はたしか八年まで通うことができると噂に聞いたことがある。そんなに何年も通う人なんて実在するものかと疑っていたが、都市伝説は案外近くにいたようだ。

どうしてそんなに留年しているのか、前に一度だけ訊ねたことがある。梶さんはベンチにふんぞりかえって座り、タバコの煙を小刻みに吐きだしながら「俺、大学が好きなんだよ」と言っていた。考えてみれば、毎日きちんと大学に来ているし、授業にも出席している。それなのに留年しているなんて、謎は深まるばかりだ。

僕はここまで三年間を〝フル単〟で駆け抜けてきたから、あとはゼミさえ受けていれば危なげなく卒業できる。だからあの授業に出たのも梶さんの付き添いでしかなかった。「寂しいから一緒に受けようぜ！　隣で小説書いてていいからさ」。そうせがまれて、付いていったのが大きな間違いだった。

最悪だ。よりによってあいつに読まれるなんて。

「作品は人に読まれてなんぼだろ」

　僕の心の声が漏れていたのだろうか。教室のある四号館から出たタイミングで梶さんが言った。

「あれはまだ未完成なんですよ。だから誰にも読まれたくない」

「プロでもないくせに」

「そう、まだプロじゃない。だから頑張ってるんです。あれは俺にとって就活なんです。浮かれてはしゃぎ回っている奴らのお遊びとは違う」

　四月前半の最初の二週間は新歓期間ということもあって、キャンパス内はありとあらゆるサークルの勧誘活動で賑わっている。どこも新入生の獲得に必死になっている。でもそれは上辺だけで、だいたいの連中が出会い目的だということを僕は知っている。なおさらこんな奴らとは同じにされたくない。

　僕が見ているのは目先ではなく、もっと先の将来。小説家として成功することだけだ。

「いいですか、梶さん。社会で成功する人間に必要なのは、覚悟と想像力です。俺には明確なビジョンがあるんです」

高校生の頃から小説を書き上げるたびにいろんな新人賞に応募してきたけれど、どれも箸にも棒にもかかりはしなかった。でも『蒼龍戦記』はこれまでとは違う。絶対的な自信がある。もっと壮大なストーリーで、もっとおもしろくできる。あとは世に出すことさえできれば言うことなしだ。

梶さんは僕の肩に腕を回し、まるで子犬を手懐けるように優しく左肩をぽんぽんと叩いた。これは僕が熱くなった時にいつも繰りだす必殺技のようなものだ。「俺はお前の味方だからよ」。そう言われているような気がして、それ以上は何も言えなくなる。

「でも自分の世界にこもるのもいいけど、誰かがいてこその自分……」

そう言いかけて梶さんは、ぴたりと足を止めた。僕の首の後ろでいかつい腕がするすると離れていき、タバコのにおいだけを残した。

振り返ると梶さんは、すぐ近くで勧誘活動をしていたチアリーディング部の短いスカートの女子学生のほうへ鼻の下を伸ばしながら吸い寄せられていた。

「楽しそー！　ねえ、俺でも入れる？」

こういう時も、何を言っても意味がない。長い付き合いだからよくわかっている。

とにもかくにも今はまず、あのノートが最優先だ。どうにかして取り戻さないと。

＊　　　＊

考えれば考えるほど選択肢は少なくなっていくし、残された選択肢も現実的ではないものばかりだ。だったらそのなかから、最も実現可能なものを選ぶのが得策だろう。

要するに僕が選んだ作戦は、教授の研究室に忍び込んでノートを奪還するという、かなり荒っぽいものだった。


——ガロアスは世界のすべてを牛耳る巨大な組織の存在を突き止めた。綿密な作戦を企て、そのアジトに潜入する。それは、重大な秘密が記された機密文書を盗みだすためだ。

文字にするとやたらと仰々しく見えるが、実際に体験するとなると妙にそわそわと浮き足立ってしまう。この雰囲気、僕が味わっている緊張感を、一刻も早くノートに書き留めたい。

誰もいない夜のキャンパスの中央に厳しく佇む大きな建物。中に入ればもう、小さな物音ひとつ立てられない。足の裏に全神経を集中させながら一歩ずつ進んでいく。監視カメラがないか周囲を見渡し、文学部の研究室がある五階へとゆっくりと向かう。

非常口の場所を伝える緑色の光のおこぼれを頼りにして、なんとかあの教授の研究室にたどり着くことができた。

鍵は開いていた。緊張で筋肉が完全に強張ってしまっているせいか、扉は想像以上に重たい。

『蒼龍戦記』と大きくマジックで書かれた僕のノートは、教授のデスクの上に無造作に置かれていた。

きっと適当に投げ置いたに違いない。ノートの下には「パラレルワールドは実在する」と題した論文が置いてあって、妙に興味をそそられたけれど、勝手に持ちだしておおごとにでもなったらまずい。ノートを取り返すだけで充分だ。

寒々しい廊下に戻ってくると、ぎいっと鈍い音が響き、このフロア中の壁を跳ね返って戻ってきた。なんとかそれを最小限に抑えるため、ゆっくりと扉を閉める。ため息をひとつ吐くと、その瞬間に真っ白な光に包まれた。

「おい、何やってるんだ！」

眩しい光の向こう側に、懐中電灯を握りしめた守衛の姿が、まるで幽霊のようにぼんやりと見える。

「やばい」

そうつぶやくが早いか、僕は走りだしていた。

廊下の奥に階段があるはずだ。全速力でそちらに向かうと、守衛も追いかけてくるのがわかった。こういう時、追っ手はすぐに応援を呼んで主人公は包囲されてしまうものだと相場が決まっている。捕まった時のいいわけを考えたほうがいいだろうか。いや、そんなことよりも、無事に逃げ切るための策を練らなくては。

一階に降り立ち、すぐに正面の出入口へと向かう。まだ背後から階段を駆け降りる足音と、「待ちなさい!」という声が聞こえてくる。どうやら援軍はいないようだ。

外に飛びだしたら裏門へ向かって走ろう。どの道を通れば逃げ切れるだろうか。頭のなかにキャンパスマップを浮かび上がらせる。こんな時間に守衛と鬼ごっこをするなんて、これまでの僕の大学生活からは考えられないことだ。

左へ曲がり、すぐ右へ折れる。まだ追いかけてくる。なんでこんなにしぶといんだ。

走ることに自信がないわけではないが、極度の緊張を味わいながら研究室に忍び込み、そこから休む暇もなく全力疾走をするのはさすがに堪えるものがある。どんどん冷やされていく耳に、「待ちなさい!」「止まりなさい!」という声が何度もぶつけられた。

どこかに隠れてまくしかない。

進行方向の右側に、キャンパス内で最も歴史のある講堂の建物が見えた。あそこならば……。咄嗟の思いつきで、フェイントを仕掛けるように方向転換をして、建物の柱の陰に身を隠す。そっと走っていた道の様子を窺うと、先ほどの守衛が気付かずに走り抜けていくのが見えた。

誰もいないところへ向けられた「待ちなさい！」の声は、明らかに遠くなっていた。

周囲が静かになると、今度はどこからか歌声が聞こえてきた。ギターの音色も聞こえる。講堂のなかからだ。

明日行われる新入生歓迎コンサートのリハーサルでもしているのだろうか。

古い扉を開けて中に入ると、ステージ上に座り込んだ小さな人影から放たれる透き通った歌声が、広々とした講堂全体を包み込んでいた。

彼女にはきっと、その声に酔いしれる大勢の観客の姿が見えているのだろう、そう思った。そこにいる観客の誰しもが、彼女は自分のためだけに歌ってくれているのだと信じて耳を傾けているに違いない。今この空間で、彼女の歌声を独り占めしている僕が感じているのと同じように。

知らず知らずのうちに僕は、客席の間の通路を進んでステージのすぐ近くまで来ていた。彼女は僕の気配を感じ取って、歌うのをやめた。

僕が我に返ると、彼女も同じような表情を浮かべてその場に立ち上がった。

「ごめんなさい。勝手にステージ使っちゃって」

「待って、続けて！」

呼び止める声は彼女に聞こえていたはずだが届いてはいなかった。慌てて立ち去ろうとした彼女は、ステージ上に張られた配線に見事に足を取られて躓いた。彼女も、その手にしっかりと握られていたギターも無事だったけれど、明日のためにセッティングされていたドラムセットのシンバルは横倒しになり、文字通りガシャンと激しい音を立てた。

「やっちゃった……」

「大丈夫？」

ステージの上に駆け寄ると、絶好のタイミングで僕ら二人をスポットライトが照らした。いや、これは違う。懐中電灯の光だ。

「おい、お前ら何やってんだ！」

「やばっ」

彼女はそうつぶやいて僕を見た。

「逃げよう」

「え？」

「早く！」

ステージの下手の袖へ飛び込むように逃げ入ると、すぐに屋外へ出られそうな扉があった。

アンティーク調のつくりをしたおしゃれな外廊下に出た。講堂の裏側がこんなふうになっていたなんて、これまで知らなかった。そこから腰ぐらいの高さの柵を乗り越え、植え込みを抜けていく。

彼女はギターと大きなケースを抱えながら、僕の数メートル後ろを走ってついてきた。その後ろには、懐中電灯の光。

ついさっきも同じように走っていたはずだ。それなのに、まるで心持ちが違うのはなぜだろうか。僕と守衛の間には、名前も知らない彼女がいる。それだけで、もっと速く走れるような気がした。

分かれ道で僕が迷っていると、彼女は僕の手を掴み、迷うことなく「こっち」と導いた。キャンパス中央のメインストリートを、彼女は堂々と走っていく。美しい音色を奏でていた彼女のしなやかで温かい指先が、僕の凡庸な手から離れた瞬間、彼女は一気にスピードを上げた。

僕は目の前を走る彼女の姿から目が離せなかった。オーバーサイズのモスグリーンのコートを着て、ギターを収めた大きなケースを背負った小さな背中。彼女は速度を緩めないまま、何度もこちらを振り返る。そのたびに彼女の髪がなびき、振りまかれた柔らかい香りのなかを僕は突き進んでいく。

キャンパスのはずれにたどり着いた頃には、もう誰も僕らを追いかけてはいなかった。

肩で息をする僕とは対照的に、彼女の呼吸はまったく乱れていない。速度を緩めた彼女は、物置小屋の前で立ち止まると、その傍らにあるフェンスを指し示した。かろうじて人がひとり通れるほどの破れがある。

「先に行って」

そう言われた僕は、迷わずフェンスの破れを通り抜けてキャンパスの外へと出た。続こうとした彼女は、何かに気が付いて躊躇っていた。

「君は？」

「大丈夫。行って」

フェンス越しに微笑みかけてきた彼女の左の口もとに、小さなえくぼができたのを僕は見逃さなかった。

2

ふたたびキャンパスのなかを走り去っていった彼女の姿を、見えなくなるまで追いつづけた。

彼女はどこへ向かったのだろうか。守衛に見つかって捕まってはいないだろうか。僕の頭のなかは彼女でいっぱいになった。

彼女の後ろ姿にぴったりとついていく勇敢な影。それを見た時に、ガロアスにぴったりなヒロインのアイデアが降りてきた。

——ガロアスは出会った。この世界で唯一彼の存在を知る者に。彼女の名は……シャドウ。

すぐさま書き留めようと思ったが、ずっと握りしめていたはずのノートが手のなかから消えていた。

全速力で走っている時に落としたのだろうか？　それとも講堂に置き忘れてきたのか？
あるいはすべて夢だったのか？

そんなことを考えながら、キャンパス内を這うようにウロウロしていると、梶さんに
「何してんだ？」と声をかけられた。
僕が昨夜、誰もいない大学に忍び込んでノートを取り返したこと、守衛に追いかけられ
たこと、講堂で美しい声を持つ彼女に出会ったこと、そして二人で夜のキャンパスを走り
抜けたこと。ひとしきり説明すると、梶さんは「ハハハ……」と口を大きく開けて笑いな
がら、近くのベンチにどかんと腰かけた。
「ふつう研究室にまで忍び込むかよ？　バレたら退学だぞ」
たしかこのベンチの前も通ったはずだ。手と膝を地面につけてベンチの下を覗き込んで
みてもノートはない。
「くそっ」思わず心の声が漏れる。「校舎のほうかな」

「それで、その子の連絡先は？」

「そんなの訊く暇なんてなかったですよ」

「勇気がなかったの間違いじゃなくて？」

せめて名前だけでも訊いておけばよかった。フェンス越しに彼女を見た時に、そのチャンスはあったはずだ。

痛いところを突いてきた梶さんを恨めしい目つきで見ていると、視界の隅にこちらへ向かって歩いてくるモスグリーンのコートが見えた。

僕の視線が和らぎながら移動したことに気が付いた梶さんも、そちらを見た。

「あれ？　前園さん、久しぶり」

梶さんがあまりにも飄々とした様子で彼女に挨拶をするものだから、呆気に取られて間の抜けた声が口を通り抜ける。

「え？　知り合い？」

「昔フランス語が一緒だった」といつもの軽い調子で言った梶さんは、彼女のほうに向き直り、「覚えてない？」と問いかける。

彼女はちょっとのあいだ考え込み、すぐに思いだした様子で目をぱっと開いたのだが、
また大きな疑問に直面したようで苦い顔になった。

「でも、あの時四年生だったはずじゃ？」

「そう。改めまして、留年四年目の梶原です。こっちは神林。未来の大作家」

「……大作家」

〝留年四年目〟というツッコミどころ満載のキーワードをスルーした彼女は、憧れに満ちた目を僕に向けた。なんだか照れくさい気分になったけれど、ちっとも悪い気はしない。

「俺ね、けっこう見る目あんの。こいつは売れるよ」

まるで自分の手柄のように自慢する梶さんを押しのけて彼女に近付く。

「昨日は……」

彼女は『蒼龍戦記』と書かれたノートを大事そうに抱えていた。

「拾ってくれてたんだ！」

安堵と喜びのあまり、思わず大きな声を出してしまった。彼女はそれに驚くこともなく得意げに微笑むと、まるで卒業証書を授与するような丁寧な手つきで僕にノートを差しだした。

「前園ミナミです。昨日はどうも」

僕の視線はまた、彼女の左側の小さなえくぼに吸い込まれた。

梶さんは僕らの様子を見て、ははーん、ほほーん、へえへえ、ふぅーん、ひっひーんと〝は行〟をフル活用しながらどんどん遠ざかっていく。またチアリーディング部の女子のもとに吸い寄せられると、高みの見物を始めた。

彼女に何を話そう。再会した時のイメージトレーニングはまるっきりしていなかった。そうだ、まずは感謝を伝えなくては。

「ありがとう。拾ってくれてよかったよ。誰にも読まれたくなかったから」

次に話す言葉を探しながら、僕のもとに帰ってきたノートをパラパラとめくる。書きかけの最後のページの端に、小さな猫のイラストと「続きが気になるニャ」というコメントが書かれていた。

「ごめん、一気に読んじゃった」

「え！」

僕の狼狽ぶりに、彼女は一瞬だけ申し訳なさそうな表情を浮かべた。

「あ、全然気にしないで。いいんだ。恥ずかしいってだけだから。ほら、俺も前園さんの歌を聞いちゃったし、おあいこだよね」

彼女はじっくりと余韻に浸るように目をぎゅっと瞑ると、肩をすっと持ち上げて一度止め、すとんとそれを真下に落とす。その勢いに任せて綺麗に目を開くと、「すごくよかった」と真剣なトーンで言った。

「本当に？」

「だから、私の歌なんかで釣り合うの？」

僕は何度も大きく頷く。

「だって、すごくよかったから。もっとずっと聴いていたかった」

心からそう思って言ったつもりだったけれど、気を遣ってお世辞を言っていると思ったのだろう。彼女はちょっとだけ疑うような目つきで僕を見た。

本当だよ、と言えばかえって嘘っぽい。どんな言葉がいいだろうか？

「もう一度、君の歌が聴きたいんだ」

＊　＊

象の鼻防波堤は、大さん橋のすぐ手前の一角にあって、その名前の通り象の鼻のように弧を描いている。ミナミは海風がよく通り抜ける柵の前に座ると、路上ライブのセッティングを始めた。

真後ろにはランドマークタワーやコスモクロック21といったみなとみらいの夜景が広がっていて、右の対岸には赤レンガ倉庫、左側には〝クイーン〟と呼ばれる横浜税関の建物。どれも彼女の歌を心待ちにしているように見えた。

ミナミが歌いはじめたのは、昨夜の講堂で歌っていたあの曲だ。今度は誰の邪魔も入らない。たまたま通りかかった人も、彼女の歌声を聴いて思わず足を止める。なぜか僕が誇らしい気持ちになっていた。

「時々ね、ここに歌いにくるの」

市役所裏の川沿いの道を、どちらかの歩調に合わせるわけでもなくゆっくりと歩いていると、ミナミはそう言った。

昨夜と気温はそんなに変わらないはずなのに、体感温度は心なしか暖かい。きっと誰かに追われるわけでもなく彼女といられるからだ。このまま川沿いの道を歩いていけば、綺麗な桜が咲いているはずだ。でも、一緒に見に行こうと僕はまだ言えない。大学で彼女と再会を果たした瞬間から、僕はずっと言葉を探しつづけている。

「前園さんは、プロになることとか考えてないの？」

一瞬でも沈黙が流れると不安になるから、僕は咄嗟に頭に浮かんだ言葉を口にする。この話題が正解だったのかはわからないけれど、僕の三歩前を歩いていた彼女は「んー」と、小さく首を傾げた。

「目指すべきだと思う。絶対にプロになれるよ」

「ありがとう」

「俺さ、大学時代の貴重な時間を何に捧げるかで人生が決まると思ってるんだ」

「神林くんは、貴重な時間を執筆に捧げてるってこと？」

「まあね」

僕は鼻高々で答えた。

「ねえ、あの続きはどうなるの？」

ミナミは僕のほうを振り返り、キラキラと目を輝かせた。僕の小説を読んで、その続きを待っている人が目の前にいる。こんなに嬉しいことがあっただろうか。

「今、この先の展開を考えているところなんだ」

「相棒が出てくるといいんじゃないかな」

彼女はふたたび正面に向き直り、一歩、二歩と進んでいく。昨夜追いかけつづけたその後ろ姿に、僕はガロアスを救うヒロイン――シャドウのイメージを重ねた。

「俺もそう思ってたんだ！　前園さんと出会って、ビビッときたんだ。こんなヒロインを求めていたって」

熱くなって、すごくキザなことを言ってしまったとすぐに後悔した。

慌てて「小説の、話だから」と弁解したけれど、ミナミは僕の顔を覗き込んで「ビビッときたんだぁ」といたずらっぽく笑う。繰り返されたことで余計に恥ずかしさは増し、顔から火が出そうになった。

「読ませてね」

ぎこちなく目を逸らしていた僕は、その言葉でハッと顔を上げた。

「完成してからで構わないから」

彼女の目は、僕の書く物語を求めている。

「ああ、もちろんだよ。ひとり目の読者になってほしい」

それは僕にとって、愛の告白と同じ意味だ。僕が人生で初めて口にしたその言葉を、彼女はたしかに受け取ってくれた。

「……私も、ビビッときてるかも」

僕の言った恥ずかしい言葉を、今度は少し顔を赤らめながら反復した。それが彼女の答えだった。

＊　＊

そこからの日々は、あっという間に流れていった。すべてが充実していると、時間が過ぎるスピードは速いと聞いたことがある。どうやら本当だったようだ。

最終学年になってようやく、僕の大学生活に色が生まれた。

ミナミと一緒に同じ授業を受けた。後ろのほうの席に並んで座り、イヤホンを共有して彼女の好きな音楽を聴いた。はじめは教授の目を盗んでこっそりとだったけれど、楽しくなってくるとそんなことは気にならなくなってくる。僕ら二人きりの世界がそこにあった。

僕がひとり暮らしをしているマンションで多くの時間を過ごした。僕は『蒼龍戦記』を書き進め、その隣で彼女はギターを弾く。おもしろいシーンが書けたら彼女に真っ先にそれを読んでもらうし、彼女もいいメロディとフレーズが浮かんだら、すぐに自慢するように聴かせてきた。

ミナミが泊まりにきた日には、一緒に映画を観た。彼女の好きな映画を訊いたら、古いフランス映画ばかりでどれも観たことがなかった。それなのに彼女が「これを観よう」と選んだのは、少女に悪魔が取り憑くタイプのホラー映画だった。雰囲気を重視する彼女はポップコーンを用意した。準備万端で再生すると、彼女は肝心の怖いシーンで目を覆って見ないようにしていた。

平日の空いた観光スポットに行けるのも大学生のうちだけだと言って、近所なのにあまり行ったことがなかった横浜中華街にも出かけた。ミナミは昔から頻繁に来ていたようで、慣れた様子で入り組んだ道をどんどんと進んでいく。

関帝廟の近くの店でタピオカミルクティーを買い、中華街大通りに出ると彼女のお気に入りだという同發のエッグタルトを食べた。口に含んだ瞬間にパイ生地のサクッとした食感に迎えられ、カスタード部分は素朴で、どこか懐かしい味がした。

ミナミは月に一度、小さなライブハウスのステージで歌わせてもらえることになった。僕はライブハウスという場所に行ったことがなかったけれど、毎月欠かさずに通った。彼女はステージの上でスポットライトを浴びると、いつも緊張して手が震えてしまう。だから僕はいつも彼女がすぐに見つけられる場所に立ち、ささやかにエールを送る。

一緒に買い物をして、一緒に料理を作った。なんでもそつなくこなす彼女は料理の手際もよく、もちろん味も抜群。なかでもビーフシチューは本格的で、きっと老舗の洋食屋にも負けないはずだ。

ミナミは僕が小説のアイデアを話すと、いつも楽しそうに聞いてくれて、たまに的確なアドバイスもくれて、自信をなくしそうになった時には励ましてくれる。

そのおかげで『蒼龍戦記』は完成し、目標としていた文報社のファンタジー小説大賞の締め切りにも間に合った。ミナミがパワースポットだと言うから、いつも二人で歩く並木道のポストに投函して、しっかりと手を合わせてお祈りした。

ミナミの祖母の和江さんに会いに行ったのは、冬が始まろうとした頃だった。

和江さんは小高い丘の上にある、清潔な老人ホームに暮らしていた。こういう場所で生活するにはまだ少々若いように感じたが、何か事情があるのかもしれない。

少しおっとりとしているけど、ミナミと同じように聡明な人で、昔は歌手をしていたのだと教えてくれた。ミナミの歌声はきっと、和江さん譲りなのだろう。

僕らは手土産に持ってきたエッグタルトをお茶菓子にしながら、和江さんが淹れてくれた上品なハーブティーを飲んだ。僕の来訪をとても喜んでくれて、クローゼットから昔のアルバムを持ってきて見せてくれた。

それはミナミの五歳の誕生日の写真で、彼女が人生で初めてギターを手にした様子が焼き付けられていた。ミナミの両親は、早くに亡くなっていて、和江さんはミナミを育てるために歌手をきっぱりとやめたそうだ。

その一冊のなかには、僕の知らないミナミの歴史が詰まっていた。僕が楽しそうにページをめくっていくと、たまにミナミは「これはダメ」と隠そうとする。僕らの睦まじい様子を目を細めながら眺めていた和江さんは、思いだしたように立ち上がり、キャビネットの一番上の引きだしから小さな箱を取りだして僕に手渡した。

大きなルビーをあしらった指輪が入っていた。これは和江さんがそのお母様、つまりミナミのひいおばあちゃんから譲り受けた大事な指輪だという。和江さんは僕とミナミが結婚することを期待しているのだろう。正直なところ、僕はまだそこまで考えていなかった。


クリスマスの夜、僕の家でミナミと梶さんと、梶さんの恋人のカナちゃんと四人でパーティを開いた。カナちゃんはチアリーディング部の三年生で、どういう経緯で付き合いはじめたのかは二人ともなかなか教えてくれない。でも新歓期間に梶さんがやたらとチアリーディング部にちょっかいを出していた理由がなんとなくわかったような気がした。

これからシャンパンを開けようとしていたタイミングで、文報社の担当者から電話がかかってきた。『蒼龍戦記』がファンタジー小説大賞の最終選考に残ったという知らせだった。めでたいクリスマスに、もうひとつめでたいことが重なって、僕らは四人で抱き合って喜びを分かち合った。

そのまま『蒼龍戦記』は大賞に輝いた。書籍化されたのは、大学を卒業して数ヶ月が経ってからのことだった。周りがみんな新社会人として働き始めてあくせくしているなか、僕はアルバイトで食い繋ぎながら、文報社の担当編集者と打ち合わせを重ね、夢が叶うまでのカウントダウンをしていた。

完成したものを手に取り、僕はようやく実感した。その一冊の重みは、たぶん一生忘れることはないと思った。

ミナミと一緒に暮らすことを決めた頃、僕は和江さんのもとをひとりで訪ねた。あの時受け取らずに返した指輪を譲ってもらうためだ。

和江さんは、すべてを察したように微笑みながら、「頑張ってね」と背中を押してくれた。

ずっと暮らしてきた家をリフォームして、二人で広々と使えるようにした。壁一面を彼女の好きな色の壁紙に統一して、それに合った木目調の家具を揃え、彼女が好きな料理が捗るようにと、使いやすくておしゃれなアイランドキッチンにした。ベッドも二人が並んで寝られる大きさのものに新調した。

和江さんから受け継いだ指輪を渡すと、彼女は大喜びで僕に抱きついた。そこからしばらくのあいだは婚約者として一緒に暮らした。作家としてデビューしても、それだけで食べていけるようになるのは難しい。

僕らが籍を入れたのは、『蒼龍戦記Ⅱ』の発売が決まった頃で、一緒に住みはじめてから何年も経っていた。

ミナミもまだ夢を追いつづけていた。いくつかのレコード会社のオーディションに応募したり、ライブハウスで歌ったり。僕は仕事に追われるようになって、もう前のように応援には行けなくなっていた。

本当は結婚式というものを挙げてみたかったけれど、時間的にその余裕がなかった。それでもミナミのウエディングドレスが見たくて、なんとか作った時間でささやかなフォトウェディングを選択した。

新人作家のオリジナルファンタジー小説としては異例のベストセラーを記録した『蒼龍戦記』は、二巻が発売された頃には累計の発行部数が三十万部を突破していた。僕も積極的にメディアに露出するようになり、その効果もあってか順調に部数を重ねていき、三巻の発売が決まったタイミングではすでに百万部を突破した。

百万部突破を記念して開かれたパーティの場で、映画化も発表された。

これからますます忙しくなる。それは悪いことではない。むしろ僕が望んでいたことが、すべて順調に進んでいる結果だ。僕はひたすら仕事に没頭した。そうすることが、ミナミと一緒に生きていくために必要だと思っていたから。

3

『蒼龍戦記Ⅲ』の入稿の締め切りが迫っていたけれど、僕は雑誌やテレビの取材に追われ、なかなか執筆に集中する時間が取れずにいた。でももう少しで完成する。クライマックスのアイデアは、まだ完全には固まっていない。

この家に住みはじめてから、来月でちょうど十年が経つ。つまり僕が大学に入ってから十年、ミナミと出会ってから七年が経つということだ。

少々手狭に感じてはいるけれど愛着もある。もし引っ越すことがあるとすれば、なにか大きなきっかけが必要だ。僕らのあいだにまだ子どもはいない。考えてなかったわけではないけれど、ミナミも「このままいなくてもいいんじゃない?」と言っていたから、僕からはそれ以上何も言えずにいた。

玄関を開けると部屋はほんのりと暗い。二人掛けのダイニングテーブルには、冷えたビーフシチューにラップがかけられていて、横にはサラダとバゲット。ミナミはもう先に食べたのだろうか。最近は一緒に食事をする機会もめっきり少なくなった。前みたいに一緒に料理をすることなんてほとんどない。

感傷に浸る時間も、ビーフシチューを温め直して食べる時間も今はもったいない。ダイニングの奥にある書斎スペースに向かって、すぐにパソコンのスリープを解く。あと数行。どう完結させるのがふさわしいだろうか。

夜遅い時間に映画化の打ち合わせも入っている。とにかく時間がない。

視線の隅にコーヒーカップをふたつ持って近付いてくるミナミが入ってきた。いつの間に淹れたのだろうか。コーヒーの香りにも気が付かないほど画面に集中していたようだ。

「新作、終わりそう？」

「ああ」

まともに返事をするのもそっちのけで、受け取ったコーヒーを一口だけ含む。淹れたてだから熱いことはわかる。家にはコーヒー豆が常備してあって、季節ごとに種類を変えている。三月の豆はどんな味をしていただろうか。もう忘れてしまった。

「読ませてよ」

「ごめん、またすぐ出なきゃだから」

目も合わせずに答えると、彼女が小さな声で「読まないほうがいいってこと？」と言ったのが聞こえた。

「そんなことは言ってない。そのうち書店にも並ぶし、今じゃなくてもいいだろってこと」

「前は一番最初に読ませてくれたのに……」

将来のためと言ってほとんど趣味で書いていた大学生の頃は、彼女に読んでもらって感想を求めて、そこからまた新しいアイデアを見つけて植え込んで、とやっていた。けれど、仕事になった今はもう違う。そんな余裕はないし、この物語を待っている人たちが他に何万人といる。

「いつの話だよ」

「そうだよ、もう何年も前の話」

彼女が怒っているのか、悲しんでいるのか、それもよくわからない。いや、わからないというより、考えてもいられないだけだ。

「いま大詰めなんだ。頼むから邪魔しないでくれ」

「邪魔？　私、邪魔なんてしたことあった？」

「今だよ、今。切羽詰まってるから後にしてくれ」

彼女は何も言い返してはこなかった。ついさっきまですぐそばに立っていた彼女は、いつの間にか奥の部屋へ行ってしまったようだ。


ガロアスは大きな決断を迫られている。ここまで共に歩んできたシャドウが凶弾を浴びた。ガロアスの手を握り、途切れそうな声でその名を呼ぶシャドウ。ガロアスはシャドウの名前を呼びつづけた。握りしめたシャドウの手から、みるみる力が抜けていくのをガロアスは感じ取った。

さあガロアスはどうする？　キーボードを叩く指が止まった。ガロアスには幾つもの選択肢がある。僕は頭のなかで、それぞれの選択肢を比べていく。

彼はシャドウの死を受け入れる。そして彼女の亡骸をその場に残し、ひとりで先へと進むことを選ぶんだ。


書き上げた原稿を印刷し、編集長の春日宛のメールに添付した。

「今データを送った。すぐにタクシーで向かう」

コートを羽織りながら春日に電話をかけると、「大丈夫ですよ、先生。映画化の打ち合わせは明日にリスケしておきましたんで」とお気楽な口調で言われた。

「午後からはサイン会もありますので、十時に弊社でお願いします」

今更そう言われても……。寝室である奥の部屋の扉は重たく閉まっている。その向こう側にいるミナミと顔を合わせるのが気まずかった。

仕方がなくそのまま外に出て、当て所もなく歩くことにした。

イセザキ・モールは明るいだけで夜が早い。洋菓子屋の店先では、ホワイトデーのキャンペーンの飾り付けが撤去されている。そういえば、ミナミはバレンタインデーにガトーショコラを作ってくれたけれど、それもどんな味だったか忘れてしまった。お返しも用意すらしていない。

特に意味もなく適当な路地に入り、薄暗くて雑然とした福富町を抜ける。野毛のほうへと渡る宮川橋から見えた月は、虚しいほどにまんまるだった。

都橋商店街の一角に、しゃれたバーを見つけた。入ったことはない店だったがふらりとくぐり、カウンターでストレートのウイスキーを頼む。ラジオが今日の月のことを話している。ここでどのくらいの時間を潰したのかも、何杯のウイスキーを飲んだのかもわからない。

家に戻ってくると、ミナミは枕もとの電気スタンドだけつけて眠りこけていた。電気スタンドの傍らには、先ほど僕が印刷した『蒼龍戦記Ⅲ』の原稿が置かれていた。

「読んだの？」

そう訊いても彼女は壁のほうを向いたまま、静かに寝息を立てている。その姿をしばらく眺めているうちに、先ほどのコーヒーのにおいと、彼女がいつも寝る前につけているハンドクリームのにおいを感じた。

僕はそのままベッドに横たわり、彼女と背を向け合うようにして目を閉じた。

＊　＊

電話が鳴っていると、ほとんど眠っている状態でも自然と手を伸ばして受話ボタンを押してしまうものだ。

「はい、もしもし」

誰からの電話かもろくに確認せずに耳に当てると、「何してんだ！　早く来い！」と怒鳴り声が聞こえた。その声はおそらく春日だ。

「編集長？　来いって、どこに？」

「会社に決まってんだろ！」

「……何をそんなに」

「急げよ！」

作家として成功してから、こんな剣幕で誰かに怒鳴られたのは初めてのことだ。そうでなくても寝起きは弱いのに、二日酔いの頭ではなおさら事態が把握できない。

わかるのは、僕はあのまま寝てしまって朝を迎えたことと、起きた時にはもう隣にミナミの姿がなかったということだけだ。こんな時間からどこかへ出かけたのだろうか。

十時から映画化の打ち合わせがあると聞いていた。どうやら寝坊してしまったようだ。タクシーで文報社までは、高速道路を使えば一時間もかからない。昨夜飲みすぎたことを反省しながら、もう少しだけ眠ろうと目を閉じたが、春日の怒鳴り声がまだ頭のなかに響いて残っている。

もやもやとした気持ちが苛立ちに変わって、どんどん頭が冴えてきた。

「なんなんだよ、まったく」

頭のなかから湧き出てきた文句を言葉にしながら文報社のエントランスを抜けると、エレベーターの前で「あ、ちょっと。神林」と呼び止められた。

振り返ると文芸編集部の、たしか小松みのりといっただろうか、若い女性編集者が台車を押していた。

たしかに僕は神林だが、呼び捨て？　編集者が作家に対して？　いったい何様のつもりだ。

小松のことは無視してエレベーターに乗り込み、文芸編集部へと向かう。ガラス張りの小さな会議室で、春日や映画会社のプロデューサーと思しき何人かが集まっているのが見えた。扉を勢いよく開けると、ちょうど最近流行りの若手俳優にオファーをする方向で話がまとまったところだった。

「遅刻したのは謝る。でも原作者を差し置いて主役候補を決めるなんてあり得ないだろ？」

会議室にいた全員の視線が一気に僕に注がれた。

「神林？　なんで入ってきた？」

春日が冷ややかな目つきで言う。

「いや、あんたが呼んだんだろ」

「神林、お前は小松とサイン会に……」

春日の隣にいた、たしか古川という名前のはずだ。彼も僕を呼び捨てにした。

「サイン会は午後からだ。それになんで呼び捨てなんだよ。あんたたち、誰のおかげでここまで……」

「神林！　とっとと仕事に戻れ」

また春日が大きな声で僕を怒鳴りつけた。なぜこの人はこんなに怒っているんだ？　さすがに二度も三度もこんな態度を取られたら、黙ってはいられない。

「原作者に対してなんだその態度は……」

「神林さんちょっと！」

今にも飛びかかろうとしていた僕を、近くにいた若いメガネの男が押さえ、会議室から外に連れだされた。

「どうしちゃったんですか、神林さん」

「ちょっと待て」

一旦冷静になって整理しよう。僕はこの出版社で一番売れている作家だ。百歩譲って一番ではないかもしれないが、それでも感謝はされても怒鳴られる筋合いなんてこれっぽっちもない。仮に邪険に扱われるとしたら、僕が売れ筋の『蒼龍戦記』を書くのをやめるとか……。

「もしかして、新シリーズのラストが気に入らなかったのか？　だとしてもこれは失礼すぎるぞ」

ふたたび会議室に乗り込もうとすると、横から梶さんがぬっと現れた。

「どうした?」

梶さんは僕をなだめるように、ぽんと肩を叩いた。梶さんは大学を無事に八年で卒業してから、文報社の芸能部で働いている。

「神林さんにサイン会行ってもらわなきゃいけないんですけど、ちょっとワケわからなくて」

メガネの男は梶さんにそう答える。そもそも君は誰なんだ？　首から下げている社員証には〝森田〟と書いてある。初めて見る顔だ。

「ワケわからないのは俺のほうだよ」

「リク、落ち着け」

梶さんはそう言って、僕を少し離れたところへ引っ張っていく。落ち着いてなんていられるか。

「ガロアスがシャドウを失うのは、このシリーズを続けるためにも避けられない結果なんだよ。納得できないにしてもこのやり方はおかしいですって」

強く訴える僕を見ながら、梶さんは何度も頷いてみせた。

そして思いだしたように、「ガロアスって懐かしいな」と言った。

「『蒼龍戦記』だっけ？　ついに完成したのか」

「完成？」

「ああ、いや。今でもずっと書きつづけてるってことか」

「当たり前じゃないですか」

妙に話が噛み合わない。まるで『蒼龍戦記』というタイトルすら久々に聞いたような反応じゃないか。

「すごいな、尊敬するよ。夢なんて大抵仕事に追われてかき消されちまうもんだろ」

「夢？　夢じゃなくて仕事です！」

梶さんが何を言っているのか、ますますわからなくなってきた。たしかにこの作品が世に出ることは大学時代からの僕の夢だった。でも今は違う。誰もが知るベストセラー小説になって、僕はその夢を叶えた。この前の百万部突破記念パーティには梶さんだって出席していたじゃないか。

梶さんから次の言葉が出てくる前に、目の前のエレベーターがチーンと鳴って、先ほどエントランスですれ違った小松が降りてきた。

「いた！」

そう言って彼女は、扉が閉まりかけたエレベーターに無理やり僕を押し込んだ。

連れてこられたのは、文報社のビルから歩いて十分ほどのところにある大手町の本屋だった。

予定していたサイン会の会場はここではなかったような気がするし、時間もまだだいぶ早い。けれどテーブルと椅子がすでにセッティングされていて、もう並んでいるお客さんもいる。仕方がない。早いところ終わらせて、もう一度春日と話をするしかない。

椅子に腰かけると、並んでいた客がこちらを見て怪訝な表情を浮かべた。僕のサイン会に来ているはずなのに、どうしてそんな表情を向けられるのか意味がまったくわからない。

そもそもテーブルの上に積まれている本は『蒼龍戦記』ではない。『Phantom』というタイトルのようだが、誰の本だ？

「なに座ってんだバカ」

後ろから小松に小突かれて、ダサい法被と「最後尾」と書かれたプラカードを渡された。小松のかけ声と拍手で呼び込まれたのは、僕ではなく、十年くらい前の芥川賞作家だった。ラストシーンが気に入らないからって、他の作家のサイン会の手伝いをさせるのか？こんな屈辱的な仕打ちは聞いたことがない。耐えられなくなった僕は、法被もプラカードも叩きつけて店を出た。


「とりあえず桜木町まで」

乗り込んだタクシーの運転手にそう告げて、スマートフォンを開いた。

一旦頭を冷やそう。そうしなければどんどん話がこじれてしまう。このまま『蒼龍戦記』が打ち切りにでもなったら、不完全燃焼も甚だしい。

まずは他のことを考えよう。ミナミに連絡して、昨日のことを謝るところからだ。

いつも彼女とやり取りをしているメッセージアプリを開くと、あるはずのミナミの名前が見当たらない。通話履歴にも、アドレス帳にも彼女の名前はなく、聞いたこともない名前がいくつも入っている。

「なんなんだよ、いったい」

昨夜酔った勢いで誰かのスマートフォンを取り違えたのかと考えたけれど、だったら僕の顔認証で開くはずがない。盛大なドッキリなのか？　それにしても手が込みすぎているし、そろそろネタばらしをされてもいい頃合いだ。

信号待ちでタクシーが停車すると、右側の車線に一台の大きなトラックが入ってきた。何気なくそちらを見ると、いま僕が求めていた人と目が合った。

ミナミ？

トラックの側面広告は、女性アーティストのＣＤアルバムの発売を知らせていた。そのアーティストの名前は「MINAMI MAEZONO」。ギターを抱えているのは、紛れもなくあのミナミだった。

すぐに信号は青になって、ミナミを僕から遠ざけるようにトラックは走りだした。

「それでは本日のゲストです。今週リリースされたアルバム『Ambivalent』が見事にチャート一位を獲得した、前園ミナミさんです」

車内で流れていたラジオのパーソナリティが彼女の名前を呼ぶと、「こんにちは、前園ミナミです」と挨拶する彼女の声が聞こえてきた。

僕が彼女の声を聞き間違えるはずがない。

ミナミがアルバムをリリースした？　そんな話は聞いていない。僕が『蒼龍戦記Ⅲ』に没頭しているあいだにデビューが決まったのか？

「本日も、J-Sound FM神宮前スタジオから公開生放送でお送りしています……」

僕は運転手に頼み、行き先を神宮前に変更した。

4

ラジオ局のスタジオ前はちょっとした広場になっていて、ミナミの公開生放送を見るために集まったたくさんの人でごったがえしていた。

僕が到着したタイミングで群衆が沸き立つ。でもその声援は僕に向けられたものではなく、全員の視線はガラス張りのスタジオに集中している。スタジオのなかから誰かが手を振っている。周りにいた誰もがそれに応えるように手を振り返す。近くにいた男が持っていたチラシには、ギターを抱えたミナミの姿がプリントされていた。

スタジオの出入口に向かってどっと動きだした人の波に飲み込まれると、ようやく僕はミナミの姿を確認した。

「ミナミ！　ミナミ！」

思わず僕は、熱狂的なファンのように叫んでいた。

彼女は出入口の前に停められた車に乗り込むまでのわずかな距離をすごくゆっくりとし

たペースで歩きながら、あらかじめ用意していたペンを取りだす。彼女に向けて無数に伸びた手が握っている色紙やＣＤを受け取り、順番にサインをしていく。

やっとの思いで彼女の前にたどり着くと、彼女は僕の姿に気付きもせず、僕の手にあったチラシを受け取り、慣れた手つきでサインをした。

「お名前は？」

顔を上げた彼女は、はっきりと僕を見ながらそう言った。

「え？」

呆然とした僕の顔を見て、彼女はにこっと笑ってサイン入りのチラシを差しだした。ミナミの笑顔は何種類も知っているはずなのに、初めて見る顔だった。

「待って！」

伸ばした手は、なんとか彼女の腕に届いた。しかし、すぐにサングラスをかけた男が割って入り、冷めた目で睨みつけながら僕らを引き離した。

彼女の乗り込んだ車は、影を作ることもなく走りだしていった。

ミナミが僕に名前を訊ねた。まるで会ったこともない他人のように。

文報社でこき使われた時には怒りの感情が沸き上がったけれど、今は違う。怒るとか、悲しむとか、そんなありふれた感情を使うほどの気力もなかった。

突然自分の一部が奪われたかのように、一歩歩くごとに全身がどんどん萎びていく。足を前後させる力も失ってきて、まっすぐ歩くことさえもままならない。

いま僕はどこへ向かって歩いているのだろうか。よくわからない。交差点に差しかかって立ち止まると、道の反対側にあるビル上のヴィジョンにミナミがいた。その隣の大きな看板にも、そのまた隣にも。僕のすぐ後ろにあるビルの大きなモニターにも。至るところにミナミがいる。

でもどのミナミも、僕のことを知らないミナミなのかもしれない。

おもむろにスマートフォンを取りだし、記憶している彼女の電話番号を入力した。

「おかけになった電話番号は、現在使われておりません」

交差点のまんなかで、僕はずっと近くにいた彼女が遠い存在になったことを無機質な声に教えられた。

慌てて家を出た時には気付かなかったが、この家の様子も昨夜までとは異なっている。壁の色はミナミと一緒に暮らしはじめるよりも前のまま。リフォームで取り払った壁は残っているし、角の部屋は書斎として使っていたはずだ。

大学時代に使っていたデスクが、部屋の片隅にまだ置いてある。その正面にはミナミの大きなポスター。飾られた思い出の写真には、僕と梶さんの二人の姿しかなくて、ミナミはどこにもいない。どの思い出にも、たしかにミナミはいたはずなのに。

どうしてこんなことになっているのか、一ミリもわからない。小説家として成功して、ミナミと結婚して、これまでずっと一緒に暮らしてきた。あの幸せな時間は、そもそも存在していなかったのだろうか。

試しにインターネットで『蒼龍戦記』と検索してみたが、何もヒットしない。

「前園ミナミ」と検索してみると、レコード会社のプロフィールやWikipediaもあるし、いろんなレコードショップの通販サイトもずらりと並んでいた。画像を開けば、そこにたくさんのミナミが表示された。ただの他人の空似じゃない。そんなことはわかりきっている。

たどり着いた一本の動画を再生すると、大きなホールで何千、いや何万人もの観客に囲まれて堂々と歌う彼女の姿があった。スポットライトを浴びているのに指先も声もまったく震えていない。僕が何度聴き惚れたかわからないその歌声に、多くの人が魅了されていた。

僕の両目からは、ぼろぼろと涙がこぼれ落ちていた。パソコンの隣に置いたスマートフォンの画面の上に何滴か落下するのと同時に、梶さんから電話がかかってきた。

「リク、大丈夫か?」

「梶さん!」

僕は電話越しに梶さんにしがみついた。

「みんなお前のこと心配してるぞ」

梶さんが今朝の文報社でのことを言っているのはわかったが、今はそれよりもミナミのほうが重要だ。

「梶さん、前園ミナミってわかる？」

「なんだよ、当たり前だろ。前に言わなかったっけ。俺、語学一緒だったって」

「ですよね！　大学一緒でしたよね！」

僕は思わず立ち上がった。やっぱり彼女が僕を知らないなんてことはないはずだ。

「お前も知ってるだろ？　俺は留年したおかげで、前園ミナミと同じ時間を過ごせたんだ。お前もあんなに悔しがってたじゃねえか。少し違えば前園ミナミと知り合いになれたのにーって」

「え……？　じゃあ俺は、大学時代、ミナミとは？」

「話したことないだろ。お前が知ったのはデビューしてから、なんだったら結構売れてからじゃん」

すぐに現実に、いや、あまりにも非現実的な現実に引き戻された。

意気消沈して下を見ると、デスクの上には大学の頃に毎日書いていた『蒼龍戦記』のノートが置いてあった。

あの日、このノートを取り返した僕はミナミと出会った。そしてミナミが読んでくれた……。ノートをめくるのが怖かった。梶さんの言う通り、僕らが出会っていなかったとすれば、ミナミがあの時描いてくれた小さな猫のイラストはここにはないはずだ。

それを見たら、僕はすべてを受け入れなくてはならない。

「じゃあ小説は？　俺は、小説を書いてないんですか……？」

「編集長に出しつづけて、でも馬鹿にされるのが嫌になったってお前が……。でもほら、まだ書いてたんだろ？」

僕は、手に入れたはずのすべてのものを失ったんだ。というよりも、そもそも手に入れてさえいなかったことになっている。虚しさなのか悲しさなのか判別できないけれど、ほとんどこれは痛みに近い。ぽっかりと大きな穴が開いて、僕はその場にへたり込んだ。

「リク？」

梶さんの心配そうな声が聞こえてくる。

「俺、頭がおかしくなったみたいだ……。ずっと長い夢でも見てたみたいで」

いくらでも涙が出てきそうだ。このまま全身の水分が失われて干からびてしまっても構わない。

インターホンが鳴った途端、もしかしたらミナミが帰ってきたのではないかという淡い期待が頭をよぎった。反射的に立ち上がり、力を振り絞って玄関まで向かう。

勢いよくドアを開けると、そこにいたのは梶さんだった。

「だと思って駆けつけてみた」

思わず僕は、精一杯の力を振り絞って梶さんに抱きついた。梶さんのタバコのにおいは僕の記憶と変わっていなかった。

「俺、結婚してたんです！」

「そりゃ知らなかった。いったい誰と？」

「前園ミナミ」

「そんな気がしていた」

梶さんは、達観したような表情で僕を眺め、真正面から僕の肩をぽんと叩いた。

「だけどな、思い詰めたファンほど怖い人間はいないぞ」

＊　＊

真っ白で殺風景な部屋。ペラペラの検査着姿の僕は、これからＣＴ検査の大きな機械のなかに吸い込まれる。

「じゃあ検査を始めますね」

スピーカー越しに声が聞こえたので返事をすると、自分でも驚くほど緊張で声が震えていた。

梶さんに付き添われて、大きな病院の脳神経外科を受診した。ＣＴ検査では目立った異常は見つからなかった。当然だ。僕はどこもおかしくなっていない。心理検査やカウンセリングも受けさせられたけれど、たぶんこういう場所であまり変なことを言ったら事態は悪いほうにしか進まない気がした。

ある朝起きたら、大学四年生の春から七年もの記憶がすべてなかったことになっていた。出会っていたはずの人とも出会っていないし、家も職業も、すべてが自分の思っていたものと違う世界が広がっていた。

ざっくりとそう説明すると、思いのほかあっさりと「記憶障害」と診断された。たぶん待合室で待っている時間のほうが長かったかもしれない。

病院からの帰りにそのまま文報社に直行し、梶さんに指示されるまま春日に渋々ながら頭を下げた。記憶障害と診断されたことを伝え、先日の無礼を詫びると春日は「記憶障害ねえ」と訝しげな顔で僕を覗き込んだ。

僕はたしかにこの七年間を経験してきた。それは変え難い事実だ。記憶障害であるはずがない。

「でも医者にそう言われたんだろ？」

梶さんは屋上のベンチで大の字のように腰かけながら、いつも通りタバコに火を付けた。首に巻いた黄色いバンダナには大きな白い水玉模様があしらわれていて、梶さんの雰囲気とはかなりミスマッチだ。

「おかしくなったのは俺じゃない。世界のほうですよ！」

文報社の屋上から見える景色は、都内とは思えないほど見晴らしがいい。僕だけを取り残して世界全体が変わってしまったのか、それとも僕だけがこの別の世界に飛ばされてきたのか。

まるで『蒼龍戦記』のガロアスになった気分だ。でもそんな小説みたいなことが、現実で起こるなんてあり得ない。

「つまりは主人公にとってこの世界はパラレルワールドだと」

梶さんは講釈をする学者のように顔をキリッとさせ、どこを見るわけでもなくつぶやく。そして「俺好みの設定ではあるな」と、煙を吐きだしながら笑った。

「小説の話じゃないですから」

「何かきっかけは？」

「いつも通り原稿を書いていました。新シリーズを書き終えるために」

「それだけ？」

梶さんは素っ頓狂な声を出した。

「夜、ミナミと喧嘩をしました」

「じゃあそれだな」

しめしめと言わんばかりにタバコを持った手を僕へ向ける。幸いなことにこちらが風上だから煙は流れてこない。

「そんな単純な」

「いいか、伏線なんてものは案外単純なんだよ。小説家志望ならわかるだろ？」

「だから小説の話じゃないですから！」

そうは言ったものの、このシチュエーションはパラレルワールドに彷徨い込んだとしか考えられない。でもそんな小説のようなことが本当に起きているのであれば、最後には主人公――つまり僕は、元の世界に戻る。何かしら手立てはあるはずだ。

誰も使っていなかった会議室に入ると梶さんは、マーカーを手に取ってホワイトボードに「梶原先生が解説するパラレルワールド」と書いた。そして、僕がこれまで生きていた世界を〝A世界〟。今いるこの世界を〝B世界〟として図式化した。こうやって客観的に眺めると、その構造はとてもシンプルなものに見える。

「いちSFファンとして言わせてもらうとな、この手のパラレルワールドもののプロットは二種類だ」

そう言って梶さんは、右下に書いた「何が起こったのか?」という結論部分を示した。

「ひとつは時空の歪み。太陽フレアだのいろんな言い方があるが、結局のところ〝なんか知らんがそうなった〟。神のいたずらってパターンだな」

「勘弁してくださいよ」

なにか核心を突いてくれると思ったのに、そんな気まぐれな結論ではさすがに浮かばれない。

「それともうひとつは、誰かがそれを願ったパターンだ」

「誰かって？」

「時空を飛んできた本人か……」

「俺が願うわけないでしょ」

「あるいは飛んできた本人の周りの人物。恋人や家族、友人知人の誰か。もしかしたら俺かもしれないな」

声をあげて笑った梶さんは、「そうなのか？」と戯けた顔でこちらを振り返る。こんな時にふざけないでくれ。

「知りませんよ。けど、梶さんじゃないと思いますけど」

僕の知っている梶さんは、与えられた環境をそっくりそのまま受け入れて、自分の手で楽しくして謳歌するタイプの人だ。別の世界に行ったり、誰かを飛ばしたりすることを望むような人じゃない。

「おいおい、俺だってここじゃない別の世界へ行きたいって願ったことくらいあるぜ」

梶さんの表情は「みくびってもらっちゃ困るぜ」と言わんばかりのドヤ顔だ。こちらの世界の梶さんも、元の世界の梶さんと中身は同じだ。現にこうやって、僕の悩みにきちんと向き合ってくれている。

「へえ、意外ですね」と軽く受け流すことにした。

「まあでも、話を聞く限り一番可能性があるのは前園ミナミなんじゃないかな」

「喧嘩したくらいで俺が嫌になって飛ばしたってことですか?」

ミナミだって、そんなことを望むはずがない。そう思ったけれど、正直断言できるほどの自信はない。

「でもそういうことなら、元の世界に戻るには仲直りするしか……」

「付き合ってもねえのに、仲直りもねえだろ」

それはもっともだ。電話も繋がらないし、どこに住んでいるのかもわからない。ここでの彼女はもう赤の他人、遠い遠い人だ。

「じゃあどうすれば？」

「さあな。でもまずは前園ミナミと仲良くならねえと話にならない。よく出没する店とか、うちの部の連中がリサーチしてるはずだから聞いてやろうか？」

「そんなの俺が一番知ってますよ」

芸能部のゴシップ誌の情報網がどれだけのものかは知らないけれど、僕は彼女と何年も一緒に過ごしてきたんだ。この世界の彼女のことはよく知らないけれど、彼女のことは誰よりも知っている。

「熱狂的なファンだからか」

「夫婦だからです！」

「じゃあ、彼女の友人や家族のことは？」

そう言われて、僕は和江さんのことを思いだした。

5

こちらの世界では、僕とミナミが出会っていないのだから、和江さんとも赤の他人ということになる。

それでも、和江さんがあの老人ホームで暮らしていることは変わっていないという確信があった。主人公が直接影響している部分だけ変わっていて、その周囲の人々の基本的な設定はそのまま。パラレルワールドとは得てしてそういうものだ。


梶さんの車で近くまで行き、僕ひとりで中に入る。本当は受付で面会の手続きをしなくてはならないのだけれど、そっと忍び込むことにした。

和江さんの部屋は奥のほうの風通しがいい部屋だったはずだ。

初めてこの場所に来た時と同じ、同發のエッグタルトを手土産として用意した。この世界にいる誰もが元の世界と違っているということはわかっている。けれど、もしかしたらこれを食べて何かを思いだしてくれるのではないか。そんなささやかな期待があったからだ。

　扉の横のネームプレートを念のため確認すると、たしかに和江さんの名前が書かれていた。部屋のなかから話し声が聞こえる。ちょうど介護スタッフが出てくるタイミングのようで、僕は慌てて物陰に隠れた。

　少し経ってから部屋の扉をノックする。

「はーい」と、中から和江さんの声がした。

　おそるおそる入ってきた僕を見て、和江さんは「あら？」と懐かしそうな声を出した。

「こんにちは……。えっと、」

　ぎこちないままの僕に、和江さんは優しい微笑みを向けたままだ。

「あなた、お久しぶりね」

「俺のことわかるんですか？」

「もちろんよ。大切な人を忘れるはずないじゃない」

その言葉と和江さんの笑顔で、急に肩の力が抜けた。

仮にここが本当にパラレルワールドだったとしても、僕ひとりだけが飛ばされてきたという保証はない。こうして元の世界の僕を知っている人がいることだってある。ずっと心細さを感じていた僕は、一縷の希望を見出した。

「ずっと顔を出せていなくてごめんなさい。なんでこんなことになってるのか……。だけど、すぐに元に戻れるように」

僕は手に持っていた紙袋を思いだして、「これ、ミナミが好きな中華街のエッグタルトです」と言って差しだした。

和江さんはしげしげとそれを眺めながら、「ミナミさんね。どちら様かしら?」と言った。

「え? 前園ミナミですよ。あなたの孫の」

「ああ。それで、あなたは?」

「僕はミナミと結婚している神林リクです」

なにかがおかしい。和江さんはやっぱり僕のことを知らないのか？　それどころか、ミナミのことすら覚えていないような口ぶりだ。

「そうね、読み聞かせのボランティアの方だったわね」

和江さんが認知症を患っていたことを僕は思いだした。

初めて会った時にはまだ症状は軽かったが、僕とミナミが籍を入れたことを報告した直後から、急に症状が進みはじめたらしい。肩の荷が下りて気が緩んだのかもしれないと、その時ミナミは言っていた。僕はそこから二年近く、一度も和江さんに会っていなかった。先ほど僕を見て言った「久しぶり」という言葉も、別の誰かと勘違いしていたのかもしれない。

肩を落とす僕に、和江さんは一冊のノートを渡してきた。よくあるペラペラの大学ノートではなく、決して大きくはないがしっかりとした装丁のノートで、とても年季が入っているのか少し日焼けしていた。

「助かるわ。もうすっかり文字を読むのに疲れちゃって」

「これは?」

「読んでくださる?」

僕のことを読み聞かせのボランティアだと思っている以上は、今はそのふりをしておいたほうがよさそうだ。そう思いながらノートを開いた。

「えっと、読むって……これを?」

「ええ」

和江さんは、じっと、僕が読みはじめることを楽しみに待っている。

「どうかなさったの?」

僕が戸惑っていると、部屋のドアをノックする音がして「おばあちゃん」と言ってミナミが入ってきた。

彼女は部屋で和江さんと並んでいる僕の姿を見て、不審がるような目線で「どちら様ですか?」と訊ねた。

何と説明するべきか悩んでいると、幸か不幸か、彼女は僕のことを覚えていた。

「もしかして、このあいだのファンの人？」

「いや、僕は本を読みにきたボランティアで……」

必死でごまかそうとしたけれど、彼女は完全に僕を警戒している。

「おばあちゃん、こちらの方は？」

和江さんは穏やかな笑みを湛えたまま、「私の孫とおっしゃっていたわ」と答えた。余計に話がこじれてしまいそうだ。

ミナミはポケットからスマートフォンを取りだし、どこかに電話をかけた。慌てて彼女に近付こうとすると、彼女は僕の動きをしっかりと目で追いながら、一定の距離を保とうと右に何歩か動いた。

「違うんだ。ごめんなさい、聞いて。あの、ほら中華街のエッグタルトを……」

彼女は一切聞く耳を持たず、電話口に向かって「ファンの人が勝手に入り込んだみたいで」と切羽詰まった口調で誰かに伝えていた。

「ミナミ、この人は私たちの大切な人よ」

和江さんの言葉で、ミナミはハッと顔を上げた。部屋の空気ががらりと変わったような気がした。

「今、ミナミって……」

「あなたの名前でしょ。ミナミ。孫の名前を忘れるはずないじゃない」

「そうよ、おばあちゃん」

ミナミはスマートフォンを下ろし、まるでこの部屋に僕がいることを忘れたかのように和江さんのそばに駆け寄った。その様子を見て、僕は多くのことを察した。

大切な人が自分のことを忘れてしまう。その苦しさにミナミは向き合っていたのだと。それは元の世界のミナミも同じだったはずだ。僕は仕事に没頭しすぎて、そんなことさえ知らなかった。いや、知ろうともしていなかった。彼女はずっとひとりで抱えていたのだ。

「その人は、私たちのために本を読んでくださる、いい人」

ミナミは和江さんの隣から、おそるおそる僕を見た。

僕も今、状況は少し違うけれど、大切な人に忘れられる苦しみを味わっているところだと思いだした。

＊　　＊

　この前のサングラスの男が和江さんの部屋に現れ、僕を外へと引きずりだした。

　すでに老人ホームの外にはパトカーが到着していた。連行される寸前で梶さんが駆けつけ、うまいこと説明してくれたおかげで事なきを得た。

　それでも、ミナミにストーカー扱いされたことのダメージは大きい。家に帰ってくるなりソファで丸くなった僕を励まそうと、梶さんはありものの具材でナポリタンを作ってくれた。

「どう見てもストーカーだっただろ」

　梶さんは自分の分のナポリタンを頬張りながら、身も蓋もないことを言う。

「でもお前の本気は伝わった。だから勝手に暴走はするな」

そう言って胸ポケットから小さなカードを取りだした。

先ほどのサングラスの男から受け取った名刺だった。「田所哲斗」。肩書はご立派にも「Producer」と英語で書かれている。

「どっかで見たことあると思ったら、専属のプロデューサーだってさ。こっちの名刺も渡したら勝手に納得してた。『芸能記者が嗅ぎ回ってたってことか』って」

口いっぱいにナポリタンを含みながらしゃべるので、最後のほうはもごもごしていてうまく聞き取りづらい。

「だからストーカーからパパラッチに出世だ」

「それって出世なんですか?」

「少なくとも大義名分は得られただろ。ミナミの周りを嗅ぎ回る正当な理由にはなる」

「嫌われたら意味ないでしょ」

僕はため息混じりに、手のなかの田所哲斗をテーブルに叩きつけた。

「じゃあやめるか? この世界で生きる覚悟を決めて、ミナミのいちファンとして素敵な毎日を過ごすか？」

それは嫌だ。

和江さんの部屋で彼女が僕に向けた視線を思いだすだけで、悲しみが込み上げてくる。

こっちの世界に来てから、もうずっとこんな感じだ。

「ずっとそばにいるのが当たり前だと思ってた……」

僕が知っているミナミの姿が、まるで走馬灯のように頭のなかを駆け回る。

「甘いものが大好きで、料理が得意で、ホラー映画なんか苦手なくせに一緒に観ようって。酔うと陽気になるところがあって、緊張すると手が震える癖があったりして。笑うと左側にえくぼができて」

あの笑顔がふたたび僕に向けられることは、もうないんだ。

それを考えると、考えたところで、どうしたらいいのかなんてわからない。あの夜、喧嘩したことを後悔すればいいのか、彼女をほったらかして仕事に明け暮れていたことが間違いだったのか、そもそも僕らは出会うべきではなかったのか。

頭のなかがごちゃごちゃして、このまま破裂しそうだ。

「こんな世界に生きる価値があるわけない」

「口が悪いな。俺が懸命に生きる世界になんて言い様だよ」

僕の泣き言を黙って聞いていた梶さんは、口のなかのパスタを全部飲み込んでから、たしなめるように言った。

梶さんの言っていた通り、こっちの世界のミナミと親しくなって仲直りするしか、元の世界に戻る方法がないのかもしれない。それならば、やれることをやってみたい。そのためには梶さんの協力が不可欠だ。

僕はデスクのキャビネットから印鑑と通帳を取りだし梶さんに差しだした。「これ、こっちの世界の全財産です。あっちの僕にとっては、はした金なんです。全部渡します。だから……」

「お前なあ」

眉をひそめる梶さんの手に、無理矢理それらを握らせる。

「だからお願いします。俺に協力してください」

6

ミナミの所属するBEXTAR Recordの事務所は、中目黒の一等地にあった。目黒川に面した大きな建物で、中に入ると至るところにミナミのポスターが貼ってある。エントランスの大きなモニターでは、アルバムのCMがエンドレスで流れていた。

梶さんは芸能部の記者としてのスキルを駆使して、田所に直接アポイントメントをとった。正面突破といえば聞こえはいいが、その作戦はいわゆる〝ハッタリ〟というやつだ。

妙に気合の入っている梶さんは、ここぞという時に着るという白のジャケットを羽織り、首にはまたあのミスマッチな黄色いバンダナを巻いてきた。僕らはお互いに背筋を伸ばして歩き、「しまっていこう」と野球の試合のようなかけ声でグータッチを交わした。

人数の割には広すぎる会議室で、僕と梶さんは、ミナミと田所と向き合うように座った。彼女は俯いたままで、僕とは目を合わせようとしない。その隣に座る田所はサングラスをかけたままで、レンズ越しに冷ややかな目を僕らに向けていた。

「文芸部の、神林リクさん」

田所は僕の名刺をひょいと持ち上げると、

「それで？　お話というのは？」と見下すように言った。

「実は神林は作家でして、いくつか作品を世に出しています。ああ、ただ作品のタイトルはここでは言えません。ある著名な作家さんのゴーストライターとして仕事をしてきたからです。実力はあるのに、ずっと日の目を浴びていなかったんです」

梶さんは息をするように嘘を並べた。僕が作家であるということ以外、全部嘘っぱちだ。いや、この世界ではそれも嘘になってしまうのか。

「そんな彼を、ついにデビューさせようという話になりました。もうこれは社をあげての一大プロジェクトなのです。そのデビュー作を書くにあたって、前園ミナミさんをテーマにしたいと彼から提案を受けていました。好きが高じたあまり、ストーカーじみた行為に至ってしまいましたが、そこは彼も大いに反省しています。私からも叱りました。コノヤロウ」

流れるように首もとにチョップを入れられ、それを合図にして僕は「すいませんでした」と頭を下げた。これも梶さんの作戦のひとつで、どういう効果があるのかはわからない。とりあえず田所の顔は微動だにしない。ずっとおもしろくなさそうな顔で僕たちのことを見ている。

「前園ミナミの誕生秘話。敏腕プロデューサー田所哲斗のプロデュースのもと、稀代の天才シンガーはいかにして生まれたのか。彼ならば、その奇跡の実話を綿密な取材のもと、たしかな筆力で書くことができます」

自分で協力を申しでたとはいえ、よくまあこんなに次から次へと口からでまかせが言えるものだと感心してしまう。ある意味では梶さんのほうが作家に向いているのかもしれない。

「君がねえ……」

梶さんの打順が終わり、次は田所の攻撃になる。一番バッターは、軽蔑と疑いを込めた目つきだ。

「……作家さん、だったんですか？」

ミナミがタイムをかけるようにすっと間に入り、ようやく彼女は僕のほうを見た。彼女の目も少しだけ懐疑的ではあったが、田所と比べるとずいぶん柔らかい。

僕はふと、彼女がノートを拾ってくれた日のことを思いだした。あの時も梶さんが僕のことを〝未来の大作家〟と紹介し、彼女はうっとりとした目で僕を見ながら、その言葉を反復していた。

「ええ、まあ……」

うまく言葉にできずにいると、すかさず田所が割って入ってくる。

「そちらの意気込みは充分に伝わりましたが、取材費や印税契約のことも詳しく教えていただかないと」

「……ええ、それはまた追々、事務所の方と」

梶さんが苦し紛れに答える。

「追々？　そこを決めなきゃ話にならないでしょう」

「いや、田所さんは音楽プロデューサーということですし……」

「音楽制作に限らず、前園ミナミに関するプロダクツはすべて、私がプロデュースを請け負っています」

完全に劣勢だ。このままではハッタリだとバレて、すべてが失敗に終わってしまう。

「そうですね……。ところで私、前園ミナミさんとは同じ大学に通っておりまして、実は語学で同じ教室にいたことが……」

苦肉の策で話題をあさっての方向にかっ飛ばした梶さんをよそに、ミナミが僕に訊ねる。

「祖母とは、どんな話を？」

「え？」

「ずいぶん信用されていたみたいですけど」

「いや、僕はただ本を読み聞かせに。読んでほしい本があったから」

ミナミはまだ僕のことを信用しきれていない目で見つめている。どうすれば彼女は僕に心を開いてくれるだろうか。会議室に重苦しい沈黙が落ちる。

「期待はずれだったかな」

そう言って田所は席を立ち、「次の予定があるのでこの辺で。詳細はまたメールでもいただければ」と僕らに告げると、ミナミに「行こう」と囁いて会議室を出ようとした。

するとミナミは、はっきりとした声で「お受けします」と答えた。

僕も梶さんも予想外の答えに驚いたが、それ以上に田所が困惑した表情を浮かべたのが痛快だった。

「本当に？」

一気に緊張が解けた梶さんが笑顔で問いかけると、ミナミは僕をまっすぐ見つめたまま「よろしくお願いします」と言った。

＊　　＊

あの会議室でのやり取りから数日後、都内のレコーディングスタジオで〝ミナミを題材にした小説〟の取材が始まった。もちろんそんなプロジェクトは実際には進行していない。もし田所から進捗を求められたらどうするのかと訊ねると、梶さんは「お前は作家なんだから大丈夫だろ」と言った。

「そうなる前にお前は元の世界に戻るんだから、あとのことは俺に任せてくれればいいから」

ミナミにインタビューをするというのはちょっと不思議な感じがする。

彼女は僕をよく知らないけれど、僕は彼女のことを誰よりもよく知っている。手もとのメモにわざわざ書かなくたって、あえて覚えようとしなくたって、彼女の人生の一部は僕の人生の一部でもあるからだ。

「音楽の素養は祖母のおかげだと思います。祖母も一時期、歌手活動をしていました。売れてはいませんでしたけど」

「亡くなったあなたのご両親に代わってあなたを育てるため、歌をきっぱりやめた」

「ええ、どうしてそんなことを?」

ずっと僕らの周りをうろつきながら、何に使うのかわからない写真をパシャパシャと撮りつづけていた梶さんは、不思議がる彼女の顔を見て「どこかのな、インタビューで読んだんだよな」とフォローを入れた。

彼女はあまり納得していない様子だったが、気を取り直して続きを話しはじめた。

「私の存在が、祖母から歌を奪った気がして。だから本格的に歌手活動を始める気にはなれなくて。でも、きっかけになった出来事があったんです。大学四年生の時、新歓ライブの前日に夜こっそり講堂に忍び込んで歌ったことがあって……」

僕の脳裏にあの日の夜、講堂で彼女が歌う姿がよみがえってきた。誰もいない場所で、客席に向けてギターを弾き語る彼女の姿。僕はその声に導かれて彼女とめぐり逢った。その歌声も、講堂の扉を開けた時にふわりと漂った古い建物のにおいも、鮮明に覚えている。

「同じだ」と思わずつぶやくと、彼女は「同じ？」と訊き返した。

「いえ、前園さんはそこで誰かと出会ってませんか？」

「ええ、歌っているところを男の人に見つかって……」

「……俺だ！」

　このまま彼女があの日の出来事を思いだして、すべてが元通りになるような気がした。小さくガッツポーズした僕を見て、彼女はふたたび梶さんに助けを求めるような視線を送った。

「神林は取材しながら頭のなかで創作しているんです。気にしないで」

「私は、たまたま戻ってきた軽音サークルの男の人に見つかったんです。そこでやけに褒められて勧誘されて、それでバンドを始めて」

「俺じゃない……」

　僕の期待はガラガラと音を立てて崩れ去った。

「でも卒業と同時にバンドは解散して。それからソロ活動を始めて、運良く一年目で応募したオーディションに受かって」

「それでデビューできた？」

「はい」

「俺と出会わなきゃ売れてたってことか……」

パラレルワールドが発生するということは、どこかに分岐点が存在するはずだ。人には皆、あらかじめ決められた運命という線路がある。そこから外れる予想外の出来事が起こると、そこで分岐してしまう。もちろん分岐してしまったからといって、必ずパラレルワールドに迷い込むというわけではない。それにはまた別のきっかけが必要になる。

あの夜、僕は彼女と出会った。僕と出会わなければ彼女がこうしてアーティストとして成功していたということは、少なくとも僕らの出会いが、彼女の運命を変えるだけの予想外の出来事だったということになるのだろう。

ショックで黙り込んでいた僕と、不安げな彼女の姿に居た堪れなくなったのか、梶さんは僕の耳もとで何枚かシャッターを切った。

「空気が重い！　この部屋暗い？　話しづらいか？　どうです、外の空気でも吸いながら二人で話すってのは」

背中を押されるまま、僕とミナミはスタジオのあるビルの一階に入ったテラス付きのおしゃれなカフェに場所を移した。

「ごめんなさい。勝手に熱くなっちゃって」

二人きりだから梶さんのアシストはない。何を話したらいいのか、ひとつひとつ言葉を考えながら彼女と向き合うのなんて何年ぶりだろうか。むしろ元の世界にいた頃は、感情の赴くまま、何も考えずに彼女を傷つけるような言葉を言ってしまっていたかもしれない。

「いえ、私より詳しいくらいでびっくりしています」

「アーティストとしての姿じゃなくて、ふだんの前園ミナミの素顔も知りたいです」

僕の不用意な言葉が聞かれてしまったのか、後ろの席にいた二人組の女性客が彼女に気付き、何かひそひそ話しはじめた。

彼女はそれに構うことなく。「素顔……」とつぶやく。

「もう素顔を求められることなんてないと思ってた……。私はもう何年も自分らしい生き方なんてしていません。声帯と手には保険がかけられてるし、料理や庭いじり、車の運転

も禁止で、息を潜めて暮らす毎日。衣装もステージも、全部周りが用意してくれたもので
アーティスト前園ミナミはできてる。それでも私が歌うのは、〝何気ない日常〟なんです」
「何気ない日常……」
ミナミと付き合いはじめた頃、授業中に教授の目を盗んで音楽を聴いたり、キャンパス
のなかを手を繋いで歩いたり、一緒に食事をしたり、デートをしたり。そんな何気ない日
常が僕らにもあったはずだ。
でも僕が作家として売れはじめてから、当たり前にあった僕らの何気ない日常は、もう
当たり前のものではなくなっていった。
「日常があった頃の風景、見に行きませんか？」
その提案は彼女のためにしたものだ。でも誰よりも僕が、彼女とあの風景をもう一度見
たい。そんな思いも、ほんのわずかではあるが含まれていた。

7

大学を訪れたのは卒業して以来初めてだ。

ちょうど授業時間の最中だったから、キャンパス内を歩いている学生の数は多くない。

それにしても、こんなに狭かっただろうか。子どもの頃に遊んでいた場所に大人になってから行くと、すべてが小さく感じるのは、身体が大きく成長したからだとずっと思っていた。でも身体的に成長しきってから過ごした場所も、長い時間を経ると同じように感じてしまう。思い出というものは、すべてを大きめのサイズで記録する。そのことを、いま初めて知った。

ミナミも今、僕と同じように感じているのだろうか。

大学に近付いてきたあたりから、彼女の足取りがちょっとだけ軽くなったことに気が付いていた。彼女は人目もはばからずに周囲をきょろきょろと見渡し、たまに何かを思いだしたようにささやかな笑顔を浮かべていた。

その様子を見て、僕はなぜ元の世界にいた時、彼女に「久しぶりに大学に行ってみようよ」と誘わなかったのだろうと後悔した。

「ねえ、あなたもこの大学だったんでしょ？　学部は？」

「文学部」

「そこも一緒なんだ」

そう言って彼女は、僕の正面に回り込んだ。

この世界の彼女が僕に笑いかけてくれたのは、これが初めてだった。口もとの左側には、僕の大好きな彼女のチャームポイントが覗いていた。

「どこかですれ違っていたかもね」

数年のあいだで新しい校舎がいくつか建てられていたり、当時からほとんど誰も使っていなかった電話ボックスが撤去されていたり、時代の流れなのか喫煙所がなくなっていたり。小さな変化はいろいろなところにあった。けれどもこの場所が僕とミナミにとって大切な場所だという事実は変わらない。

この世界の彼女はたぶん知らないだろう。僕らがいま歩いている道は、元いた世界で僕らが初めて出会った夜に、一緒に走った道なんだ。僕らが共有していたはずの〝何気ない日常〟とたくさんの思い出は、もう重なりあうことはない。

道の先に小さな物置小屋が見えた。あの破れたフェンスは、今も破れたままだった。

「ここに見覚えは？」

僕が訊ねると、彼女は首を横に振った。

「ほら、ここに逃げるのにちょうどいい穴があるんだ」

そう言って僕がフェンスをくぐり抜けると、彼女はあの夜と同じようにフェンスの内側にとどまった。僕の視線に合わせるようにかがんだ彼女は、「何から逃げるの？」と楽しそうに訊く。

あの夜、こうしてフェンス越しに彼女と見つめ合った瞬間、僕は恋に落ちたんだ。身体の中心がなんだか熱くなってきて、僕はぎこちなく目を逸らした。

僕らはそのままキャンパス内を散策して、講堂にやってきた。式典や講演会なんかが開かれる時以外はほとんど使われておらず、平日は建物の周りもひっそりと静まり返っている。それは僕らの在学中と同じだ。

彼女が好奇心旺盛に扉に手をかけると、なぜか鍵は開いていた。あの夜と同じにおいがした。僕らはこっそりと建物のなかに忍び込んでみた。

客席の間の通路を進んでいく彼女は、この講堂を敬うように、ずっとかけていたサングラスを外した。そしてちょうど真ん中の位置に立ち、正面のステージを見つめた。

「いつかここでライブがしたいの」

ずっとミナミがそれを夢見ていたことを僕は知っている。きっとこの世界の彼女ならば、その夢を叶えることも難しくないだろう。

「お客さん、入りきるかな」

僕は、僕が知っているミナミに言うように言った。

「だから、やらせてもらえない」

彼女も、僕が知っているミナミのように言った。

「見てみたいな。ここで歌っているミ……」

〝ミナミ〟と言いそうになって、慌てて言い直す。

「……前園さんの姿を」

誰もいないステージの上に、あの夜のミナミの姿が見えた気がした。

いま僕の隣で、彼女は憧れに満ちた眼差しでステージを見つめている。きっと彼女には、大勢の観客の前で堂々と歌う自分の姿が見えているのだろう。

僕も彼女と同じ光景を思い浮かべながら、ステージを見つめることにした。

＊　＊

数日後、またミナミのスケジュールに空きができたタイミングで連絡をもらい、僕らは和江さんのいる老人ホームへ足を運んだ。

この前の出来事を謝りながら、ミナミを題材にした小説を書くための取材をさせてほしいと申してると、和江さんは快く了承してくれた。なんだか騙しているようでちょっと心苦しい気持ちにもなった。

和江さんはハーブティーを淹れてくれた。僕が初めてこの部屋に来た時と同じだ。

「歌はあきらめたけど、後悔はしていない。今の家族と一緒に生きることを、自分で選んだのよ」

和江さんが話す内容は、もちろんどれも聞いたことがある話だ。隣に座ったミナミの位置からメモが見えてしまいそうだったので、簡単にだけ書き留めておくことにした。

「歌手をしてた頃、私のことを知らない人はいなかったのよ。あなた、わかるでしょ？」

じっと見つめられて思わずドキッとした僕は、ミナミに視線を送る。

彼女は口角を上げたまま、小さく首を振る。「おばあちゃんは、たまに変なこと言うから気にしないで」という合図だと受け取った。

「ええ、わかります」

適当に相槌を打つと、和江さんはテーブルの上にあったこの前のノートを僕に渡した。

「本を読んでくださる?」

「本?」

「これを読みに来てくださったんでしょう」

「ああ、読むんでしたね、これを」

ノートを開こうとすると、和江さんは僕の後ろにある入口の扉に視線を送った。

「ところで、あのメガネは今日はいないの?」

ミナミが「え?」と訊き返すと、和江さんはミナミに囁くように、それでいて僕にも聞こえるように「あれはやめておきなさい。他にいい人がいるわ」と忠告した。

「おばあちゃん!」

ミナミは僕のほうに向き直り、「ごめんなさい、そういうことは書かないで」と言った。

その表情が、少しだけ照れているように僕には見えた。

なんとか平静を装いながら頷いてはみたけれど、心のなかではダンプカーに撥ねられたぐらいの大きなショックを受けていた。

「ちょっと休憩しましょう」

そう告げて、そそくさと部屋を出た。

ミナミがあの田所というプロデューサーと交際している。たしかにこっちの世界の彼女は僕と結婚していない。だから恋愛をするのは自由だけれど、でもミナミは僕の妻だ。ショックを受けずにいられるものか。

とりあえず梶さんに救いを求めて電話をすると、「ビッグスキャンダルだな」とひそひそ声で返ってきた。

「浮気です。不貞行為です」

「お前のなかではな。会えるようになったんだから、焦らずじっくり攻めればいいだろ」

それだけ言われて、そそくさと電話を切られてしまった。

老人ホームからの帰り足で、僕らは昔ミナミが路上ライブをしていた象の鼻防波堤にやってきた。

ランドマークタワーの向こう側から差した夕陽が、運河の水面をオレンジ色に輝かせていた。赤レンガ倉庫を背景にして記念写真を撮っているカップルを横目に進んでいき、ちょうどいつも歌っていた場所でミナミは足を止めた。

「いつもここで歌ってた」

「なんでここだったんですか？」

「わかんない。なんで歌いはじめたのかも忘れちゃった」

彼女は柵に身を委ねて水面に視線を落とした。

「……誰かに、聴いてほしかったんじゃないですか？」

彼女は一瞬だけこっちを向いて気まずそうに笑い、すぐにまた俯いてしまった。

僕はまた、彼女にかける言葉を探した。

「プロ意識ですよ、それ」

「あなたは？」

「俺は頑なでした。完成するまでは誰にも見せたくなかった。でも小説なんて、読まれて初めて意味があるものなのに」

「じゃあ、最初に感想をもらったのはプロの編集者？」

ミナミがまっすぐ僕を見た。

「……いや」

君だったんだ。

僕はそう伝えたくて仕方がなかった。あの日、書きかけだった僕の小説を見つけて、読んでくれたのが君だったから。精一杯笑顔を作っていたけれど、その目の奥にある隠しきれない寂しさを、彼女に見透かされたような気がした。

「そうだ。お土産忘れてた」

和江さんのところへ持っていくお土産として買ったけれど、タイミングがなくて出せなかった同發のエッグタルトをカバンから取りだした。よかった、崩れてはいない。

「食べよう」と言って、一個彼女に差しだすと、彼女はハッとしたような表情で指を差した。

「そう、ここのエッグタルトも。売り切れちゃうのが嫌だから、どのメディアでも好物ってしゃべったことないのに」

「ほら、甘いもの好きだって言ってたから」

彼女はまた僕に疑いの目を向ける。それは以前のように刺々しい感じではなく、もっと好奇に満ちたものに変わっていた。

彼女はなんだかんだ言いながらも、素直に左手を差しだす。美しい指先の向こう側にある手のひらに、エッグタルトをそっと載せた。

一緒に柵にもたれてサクッとしたタルトを口に運ぶ。

「そうだ、料理も得意なんだし、自分で作ったりはしないの?」

訊いてから、彼女は事務所から料理を禁止されていると言っていたことを思いだした。

「料理は苦手」

彼女の予想外の答えに、僕は思わず「え?」と訊き返した。

「ほとんど外食ばっかで、自分のために作ることはないかな」

僕の知っているミナミはいつも、鼻歌を歌いながら楽しそうに料理をしていた。新しいレシピを仕入れては試してみたいと言ってどんどんチャレンジして、調理器具もいろいろ揃えた。すごく手際がよくて、執筆に行き詰まった時にふとキッチンを見ると、彼女はきびきびと動いていた。その姿がとても好きだった。

あれは全部、苦手だったけど僕のために頑張ってくれていたということだったのか。

「君は、料理が好きなんだと思ってた」

こうやってこっちの世界で彼女と向き合うようになって、僕は今まで彼女のことを知っていた気になっていただけだったと思い知らされた。

暗い顔の僕を見て、彼女は、「変なの」と笑う。

「本当に会ったことなかった？」

手のひらの上にこぼれた小さなタルトのカスを、彼女はひとつずつ指先に集めて大事そうに食べていた。その指先は、小さく震えていた。

「ありがとう」

その声も、少しだけ震えているように聞こえた。

「あの頃の自分を、少しだけ思いだせたかも」

彼女はふっと鼻で息を吐いてから肩をまっすぐ持ち上げると一旦止め、すとんと下ろした。彼女がその仕草をする時、僕は次に来る言葉が何か知っている。

「すごくよかった」

目の前にいるのは、僕の知らないことだらけだけど、間違いなく僕の知っているミナミだった。それがわかって安心して、思わず僕も笑ってしまった。

「よかった」

僕らは春の潮風を受けながら、しばらくお互いに見つめ合っていた。

8

彼女と親しくなるという作戦の第一段階は、無事に成功した。

正直なところ、これから何をすれば僕は元の世界に戻ることができるのか、そういう肝心なところはまだ見えていない。けれども彼女との接点はいま以上にもっと深めていく必要がある。それだけはわかっていた。

でもそんな思惑は、思いもよらないかたちで崩れようとしていた。

梶さんから連絡を受けて芸能部に向かうと、一枚のゲラ刷りを見せられた。

「前園ミナミ　二人三脚で育んだ愛　音楽プロデューサー田所哲斗と交際中か⁉」

芸能部の先輩記者である野々村が書いたこの記事が、今週発売の週刊誌に掲載されるという。これはまずい。

以前からそういう噂があり、野々村はひそかにマークしていたらしい。確証らしい確証が何もなくて困っていたところで、僕が梶さんに電話で話した内容を聞いたのだと。つまり、全部僕のせいというわけだ。

「お願いします！　記事は出さないでください！」

名前もよく知らない週刊誌の編集長に懇願してはみたけれど、「文芸部が何を困るんだ」

と一蹴されてしまった。

「せっかく懐に入れたんです。今ここで出したらもっと大きなニュースを逃しますよ」

梶さんが編集長のメリットになるような提案で助け舟を出そうとしてくれたけれど、
まったく聞く耳を持ってもらえない。

「差し替えの記事を書きますから」

「これより強いネタ出せんの？」

それを言われてしまったらぐうの音も出ない。でもこの記事が出てしまったら、ミナミ
との繋がりは完全に途絶えてしまうことはわかっている。

「今から探しに行きます」

僕はなんとか食い下がる。

「そもそも取材って、誰の許可取ってやってたんだ?」

「もちろん文芸部で許可を取ってやっています」

梶さんの口八丁も、社内ではまるで通用しない。僕が芸能部に乗り込んだという騒動を聞きつけ、小松が春日を連れてきてしまった。

「何をやってるんだ、神林」

一巻の終わりというやつだ。これで僕と梶さんの作戦は、振りだしに戻ることになった。いや、振りだしよりももっと悪い状況かもしれない。


結局、その記事が掲載された週刊誌は発売され、ネットニュースなどでもミナミと田所の一件が大きく取り上げられた。

すぐに田所から呼び付けられ、僕らはまたBEXTAR Recordに足を運んだ。

案内されたのはこの前のように大きな会議室ではなく、社内の人からもよく見える、ガラス張りの小さな会議室だった。僕らはまるで動物園に連れてこられたばかりのパンダのように、通り過ぎていく人の好奇の視線を浴びながら小さくなって待っていた。

部屋に入ってきた田所は、椅子に座ることはせずに僕らの前に例の週刊誌を投げつけた。ミナミは田所の後ろを回り込むようにして、僕の正面に座った。

「結局、潜入取材だったってことですよね。ゴーストライターだなんだ全部でまかせ。経歴詐称に名誉毀損。もちろん、訴えられる覚悟があるんでしょうが」

完全に僕らに非があることはわかっている。田所の威圧感に、いつもは調子がいい梶さんも押されてしまっている。

「あの、これは我々とは無関係なところから出た記事です……」

「いいよいいよ、あとは裁判所の仕事だ」

梶さんの言葉を遮って田所は言った。

僕は二人のやり取りよりも、目の前に座っているミナミのことが気になっていた。彼女は俯いたまま、机上の週刊誌の記事を見るわけでもなく、どこか一点を見つめている。

「……ごめん」

そう言うと、彼女はちらりと僕を見た。その目から、どこか哀しげなものを感じ取った。

「なんの言い訳もないの？」

「こんなことがしたかったわけじゃない。それだけは本当だ」

彼女は少し考え込んで、そっと目を伏せた。

「この人のことは説得するから。裁判なんてしない。私があなたに気を許したこと、とても後悔してる。もう関わらない。私はあなたと一度も会わなかった。それでいい？」

今の彼女の立場を考えると、ここで食い下がることなんてできやしない。僕は頷くことも、首を横に振ることもできない。

「君と関わると、ミナミが不幸になる。充分わかったな？　二度と顔を見せるな」

田所の言葉と共に、ミナミは僕の前から去っていった。

＊　＊

暗然とした気持ちでとぼとぼと歩く僕をよそに、梶さんはすっかりいつもの調子を取り戻していた。

「気晴らしに一杯やろう」と連れて行かれたのは、あの月がまんまるだった夜に行き場なくたどり着いたバーだった。このバーに来ると、僕は次の日からミナミと赤の他人になる。そんなジンクスができてしまいそうだ。

「ここが山場だ。主人公に訪れた逆境ってやつだよ」

僕らはカウンターに並びながら、ウイスキーを飲む。心にポッカリと空いた穴に流し込まれるモルトの芳香と強いアルコールで身体の内側から焼き落とされそうになる感触はあの時とよく似ている。

「ここから巻き返すからこそ……」

力いっぱい語る梶さんの言葉を「もういいです」と制した。

「これ以上何ができるっていうんですか」

「なんだよ、自分からお願いしといて」

梶さんは目を丸くして僕を見た。

「すみません、本当に。俺はずっと、自分のことばかりで」

「ああ、お前は自分勝手なやつだよ」

そう言って、梶さんは前を向き直り、グラスに入ったウイスキーを飲み干す。カラン、とロックアイスがグラスに接触する音がした。

「このあいだお前、こんな世界に生きる価値ないって言っただろ？　あれ俺、結構カチンときたんだぜ」

僕もグラスの酒を一気に飲み干す。

「でも俺は、一生懸命に小説を書いて、ミナミのことも幸せにしてるつもりだったんです。なのに、どうしてあっちでもこっちでもうまくいかないんだよ……」

悲しい気分を肴にして酒を飲んでもろくなことなんてありはしない。

そのまま二人で見境なく何杯もおかわりをし、ウイスキーだけでなく他の酒も飲んだ。

梶さんは酒に強いが、僕はそうではない。気が付いた時には目の前に店のトイレの薄汚れた床があった。

背中をさすられているあいだも、僕の朦朧とした意識のなかにミナミは存在しつづけていた。

作戦が失敗に終わったことよりも、元の世界で彼女ともっと良好な関係を築けなかったのだろうかという後悔のほうが大きい。しかも、僕と出会っていなければ彼女はアーティストとして成功して夢を叶えていた。田所に言われた言葉はただの悪口ではなくて、まぎれもない事実だ。

「俺と関わったら不幸になるって……」

「言い過ぎだよな、田所。いつかぶっ飛ばそうぜ」

梶さんは後ろから僕の身体をいとも簡単に持ち上げた。

朝陽が完全に昇りきる前の野毛の飲み屋街は、油と洗剤とアルコールの残り香が入り混じった不思議なにおいをしている。それでもトイレのどんよりとした空気より、いくらか心地よい。

梶さんに支えられたまま一歩、二歩と歩いていくうちに、少しずつ正気を取り戻してきた。

「こっちで小説書いたらまた売れるんじゃないのか？」

梶さんが言った。

「またいちから書く気になんかなれませんよ。あれはミナミがいたから書けたんです。ミナミがいたからこそ、俺は書けた。俺がいないからこそ、ミナミは歌えた。もう充分思い知らされました」

なんとなく呂律が回っていない気がしたけど、自分では言いたいことを全部言えたつもりだ。梶さんはちゃんとそれを聞き取って理解してくれる。

「本当にいいのか？」

僕は梶さんの腕を自分でどかして、自力で立って歩いてみせた。

この世界は少しだけぐらぐらしている、不安定な世界だ。

「ここで生きていくしかないんです。二手に分かれてね」

「またいちから、勉強させてください」

春日に頭を下げて、僕は編集者としての仕事に専念することにした。仕事に打ち込んでいれば、どんなに大切なことも辛いことも全部忘れられる。

小松が担当していた作家を何人か譲ってもらい、それぞれとの接し方のアドバイスをもらう。都内の書店に挨拶まわりをして、文報社が刊行した書籍を置くスペースをもっと確保してもらえるよう交渉するのも大事な仕事のひとつだ。

＊　＊

この書店も、あの書店も、僕が前に来た時には店の一番目立つところに『蒼龍戦記』が平積みになって置いてあった。もうそんな作品は、この世界には存在していない。またいつか書ける日が来るのだろうか。たまにそんなことを考える時もあったけれど、いろんなことを思いだしてしまうからなるべく考えないようにもしていた。

編集者の仕事は、僕が想像していた以上に大変だった。作家として付き合っている時には気にも留めていなかったけれど、よくこっちの世界の僕は何年もこの仕事を頑張ってこられたなとつくづく感心してしまう。

夏に入る直前ぐらいから、ふだんの業務と並行しながら新人賞の応募原稿の下読みもしなければならなくなった。日本現代小説新人賞は純文学の賞で、あまり読み慣れていないタイプの作品ばかりだったのでかなり苦労した。

一次選考の段階で落とされる作品は〝受賞なし〟と書かれた段ボールのなかに放り込まれる。僕が学生の頃に書いた何本かの小説も、こうやってたまたま手にした編集者の独断で処分されていったのだろう。

そんなことを考えながら段ボールのなかを覗いてみると、一番上に『少女と兎』というタイトルの作品があった。

中学生の少女を主人公にしたその作品は、『不思議の国のアリス』のようなファンタジー要素がある青春小説で、僕はすぐにその虜になった。

一次選考を通過させる作品には、下読みをした編集者の名前を表紙に書く決まりになっている。僕は「神林」と大きく書いて〝一次通過〟の段ボールにその原稿を入れた。数ヶ月後、『少女と兎』は受賞作品に選ばれた。僕はそれを書いた金子ルミという新人作家の担当になった。

授賞式の直前に初めて顔を合わせた彼女は、物語の主人公の少女とそっくりな、少し引っ込み思案な感じのおとなしい女性だった。

単行本化するにあたって、僕らは何度も話し合いを重ね、二人三脚で作品をブラッシュアップしていった。まるで大学の頃に、僕とミナミがアイデアを出し合いながら、互いの活動に役立てていたのと同じような感じで、どこか懐かしく思えた。ミナミのことはしばらく考えないようにしていたのに。

『少女と兎』の単行本が発売されると、どこかのインフルエンサーの目に留まったのかSNSで口コミが広がり、瞬く間にベストセラーとなった。

大きな文学賞にもノミネートされ、ルミのサイン会が開かれると中学生ぐらいの少女から、中高年の男性まで、幅広い層のファンが彼女のサインを求めて長蛇の列を作っていた。

デビュー作で大きな注目を集めるルミの姿を見ていると、『蒼龍戦記』が発売された頃のことをどうしたって思いだしてしまう。僕があの時味わったような、世界が一気に開けていく感覚を、彼女も味わっているのだろう。彼女は僕のように間違えないでほしいと親心のようなものを持ちつつ、少しだけ羨ましくも感じていた。

久しぶりに僕は、あのノートを開いた。また『蒼龍戦記』を書きはじめてみたいと思ったからだ。もちろんそこに、ミナミが描いてくれた小さな猫のイラストはなかった。


年が明けた頃、『少女と兎』の映画化が決定した。

文報社の会議室で、映画のプロデューサーを交えてキャスト会議が開かれた。こういう場に慣れていないルミは、どこかぎこちない様子で、ずっと不安そうな顔をして置物のように座っていた。

僕が彼女にコーヒーを差しだすと、彼女はやっと笑顔を見せてくれた。

9

この世界のミナミは、僕と別の世界を生きている人だ。それでも少しだけ、ほんの少しだけ、また彼女が僕に笑顔を向けてくれることを望んでいた。

たとえこのまま元の世界に戻ることができないとしても、彼女は僕が愛した唯一の人であることに変わりない。そう簡単に忘れられるわけがない。

僕はミナミに会えない代わりに、よく和江さんのもとを訪ねるようになっていた。

元の世界にいた時にあまり顔を見せに来られなかったことの罪滅ぼしの意味もあるし、和江さんのところに来れば、ふらりと訪ねてきたミナミと再会できるかもしれない。そんな未練がましい期待も少々あった。

それに和江さんならば、元いた世界の思い出をいくら話したところで、全部きれいさっぱり聞き流してくれる。不思議がることも、何か疑問を投げかけてくることもせず、静かに相槌を打ってくれる。

和江さんはたまに、僕と同じように元の世界を知っているかのような話し方をすることがある。でもそういう時は決まって、突然誰かにスイッチを押されたように表情が急に変わり、僕と話していたことさえも忘れてしまう。

ここ最近は、だいぶ寒さも和らいできた。和江さんは部屋の窓を開けて、僕の話を片耳で聞きながらもう片方の耳で爽やかな風の音を聞く。そのリズムを頼りにしながら手もとで刺繍をしていた。

「僕がまだ、ミナミと一緒に暮らしていた時、クローゼットのなかでクッション封筒を見つけたんです」

あれはたしか、『蒼龍戦記Ⅲ』のアイデアを練っている時だったはずだ。クローゼットにしまい込んでいた資料を取りだそうとした時に、足もとに黄色いクッション封筒が落ちてきた。

彼女は大学の頃から、レコード会社のオーディションに応募する時には必ずこの封筒を使っていた。宛先はこの世界の彼女が所属している事務所だった。

「封筒のなかにはＣＤが入っていて、彼女の歌が録音されていました。てっきりオーディションに応募して落ちていたんだと思ってたのに、彼女は出すこともしていなかった。ある日そのことを知ったんです」

封筒が置いてあった場所を見ると、同じようなＣＤが何枚も山積みになっていた。彼女はそれを誰かに聴かせることも、捨てることもせずに部屋の片隅に封印していた。そうやって彼女は、自分の夢を見て見ぬふりしつづけていたのかもしれない。

「知っていたのに僕は、彼女に何も言わなかった。ずっと知らないふりをしていた……」

和江さんは、少しだけ感傷的になっていた僕を見て微笑むと、すぐにまた刺繍に視線を戻した。

「彼女は自信がないんだと思っていました。そんな彼女に、腹も立っていました。けど実際は、自分を犠牲にして彼女は僕のことを支えてくれていた。ミナミがずっと支えてくれていたのに、僕はわかっていなかった。だからバチが当たったんです」

僕はなんて勝手な男だったのだろうか。

ふと頭のなかに、あの夜書いた『蒼龍戦記Ⅲ』のラストシーンが呼び起こされた。もう一年前に書いたものだから、全部を完璧に覚えているわけではない。けれども書きながら思い浮かべていたシーンははっきりと覚えている。

ガロアスは、シャドウを置いて先へと進むことを決めた。それはまるで、僕が彼女を置いてひとりで歩いていけると言っているかのように今は思えてしまう。実際はそんなことはなかった。僕はミナミがいなければ、そもそも作家にさえなれていない。ガロアスは、シャドウなしで生きていくことなんて不可能だ。

僕が顔を上げると、和江さんは目を細めて僕を見ていた。どのくらい理解しているのかはわからなかったけれど、その優しい表情が僕の心の緊張をほぐしてくれたことは確かだ。

「だんだん元の世界なんてなかったのかもって思えてくる。全部が俺の妄想だったのかもって」

和江さんは柔らかい表情のまま、「あの子のこと、頼むわね」と言った。

僕はそれにどう答えていいのか困って苦笑いを浮かべた。

「今の僕ができることはもう何も……。戻れるなら、やってあげたいことは山ほどありますけど」

本当に大切なことほどすぐに見失ってしまって、気が付いた時にはもう手遅れになっている。後悔はもう、嫌というほどしてきた。

和江さんは急に真面目な顔をした。

「戻るということは、大切な何かを失う覚悟が必要よ。歌手をしていた頃、私のことを知らない人はいなかったんだから。わかるでしょ?」

まるで今の僕と同じような経験をしたことがあるかのように語る和江さんは、僕の手に、あの指輪が入った小箱を握らせた。

元の世界でこれを譲り受けたのは、もう何年も前のことだ。この世界では、まだその役目が来ていなかったのだと思うと、ちょっとだけ安心した。

あの時のように僕がこの指輪をミナミに渡したら……。そして、彼女がそれを受け取ってくれたら、すべてが元通りに戻るのだろうか。

「それって、もしかして……」

僕が言いかけると、急に和江さんの表情が穏やかに戻った。

「何が？」

首を傾げる姿を見たら、それ以上何も訊くことはできなかった。


大きなルビーがあしらわれた指輪は、こちらの世界でも同じように眩しいほどに輝いていた。僕はこの指輪を着けたミナミがそれ以上に輝いていたことを知っている。もう一度、その姿を見たいけれど、今の僕にはその資格なんてない。

老人ホームを後にした僕がスマートフォンを取りだすと、待ち構えていたように梶さんから電話がかかってきた。

「ちょうど電話しようと思ってました」

そう言うと、電話口の梶さんはすごく動揺していた。

「いいから早く来い！」

「来いって、会社に？　今日は有休ですけど」

「前園ミナミがお前をご指名なんだよ！」

*　*

タクシーに乗り込み文報社に駆けつけると、エントランスのところに梶さんがいて僕を手招きした。

てっきり何かまたトラブルがあったのかと覚悟をして扉を開けたが、会議室のなかは、まったくもって重苦しい空気ではなかった。

部屋の奥には春日が座り、小松とルミが、田所とミナミと向かい合うように座っている。

僕はルミの隣に座った。

「では、揃いましたので」と春日が切りだすと、ミナミは持っていた『少女と兎』の単行本を持ち上げ、「読みました」と言った。

彼女はそのまま目を閉じて、肩をすっと上に持ち上げると、すとんと下げた。その様子を、田所以外の全員が固唾を呑んで見守っていた。

「すごくよかった」

その言葉ひとつで、一気に会議室の緊張が緩んだ。春日や小松は満面の笑みで頷き合い、その隣でルミはほっと胸を撫でおろす。けれども僕には、まだこの状況がいまひとつ掴みきれていなかった。

「あとがきも読みました。編集部に送られたこの作品、元々はボツとして段ボールにまとめられていたそうですね」

ミナミが訊ねると、ルミは前のめりになって答える。

「そうなんです。それを神林さんが」

「自分もデビューする前、藁にもすがる思いでデモ曲をレコード会社に送っていました。その時のことを思いだしました。ただただ何者でもなかった当時の自分の感情と向き合って書いた曲。結局シングル化はされなかったけど、その時の曲が主題歌に合うんじゃないかって。まだ未完成だから皆さんの話を聞いてから作りたいです」

主題歌という単語に触れて、ようやく僕は状況を理解した。

「もちろん、あなたも含めて」

ミナミの視線を感じ、彼女のほうを見た。彼女の隣では、田所が相変わらずつまらなそうな顔をしてこちらを睨むように見ていた。

「手伝ってくれるなら、この仕事を引き受けたい」

久しぶりに見た彼女の真剣な眼差し。僕は「もちろん」と頷いた。


あとから梶さんに聞いたところによれば、僕が気持ちを切り替えて仕事に打ち込んでいた時に、彼はこっそりとミナミに会いに行ったのだという。

その時に手土産代わりに『少女と兎』を渡した。巻末のあとがきには、この小説が刊行されるまでの経緯が詳らかに書かれていた。

誰にも見つけられることなく消えていくはずだったルミの言葉を、僕が救いだしたこと。

僕もルミと同じように、何者かになろうとしていた時期がある。そんなことを話して共に向き合った日々を、ルミは〝伴走〟という言葉で形容していたこと。

梶さんは関係者にうまく根回しをして、ミナミに主題歌のオファーを出すよう勧めた。最初は田所に断られたそうだが、ミナミのほうから直々に連絡が来て、こうして会議が開かれることになった。

ミナミはその場で正式に契約を交わした。その数日後、彼女が話していた通り未完成のままだった既存曲を作品に合わせて修正する作業がスタートした。

レコーディングスタジオで彼女が弾きはじめた曲を、僕はもう何度も聴いたことがある。元いた世界で、彼女が繰り返し弾いていた曲。あの夜の講堂で、僕と彼女をめぐり逢わせてくれたあの曲だった。

「ずっと担当は神林さんが？」

スタジオの休憩スペースでミナミが訊ねると、ルミは「そうなんです！」と答え潤んだ目で、隣に座っていた僕の手を握った。

「感謝してもしきれないくらいで……」

彼女はそう言って、僕のほうに身体をぐっと寄せてきた。ミナミに見られている前で、他の女性に手を握られているシチュエーションはなんだか居心地が悪い。僕はできるだけ優しくルミの手をほどいた。

三人で過ごしている時、ルミはやたらとボディタッチをしてきたり、じっと僕を見つめたりすることが多くなった。それがなぜなのかは、僕にはよくわからない。

ブース内でギターを弾くミナミに呼ばれ、歌詞の一部のアイデアを求められた。僕は思いついたフレーズをいくつかパソコンに入力し、彼女に意見を求める。本当にあの頃が戻ってきたような感覚だった。

「こういう感じ？」と彼女はワンフレーズ演奏しながら口ずさむ。

「いいと思う」と答えると、彼女は「本当に？」と笑みをこぼす。

すごく懐かしい。

ガラス越しに僕らへ向けて送られていたルミの視線は、まるでひとりぼっちで取り残されたウサギのように物哀しかった。僕はそれに気が付いたけれど、あまり見ないようにしていた。

10

作業はことのほかスムーズに進行した。彼女との共同作業でひとつの作品を作りあげる。嬉しい反面、この楽しい時間がもう終わってしまうと思うと、どうにも寂しさが込み上げてくる。

ミナミが楽曲の完成の前祝いをしようというので、僕らはベイクォーターにあるダイニングバーに行った。

白ワインで乾杯すると、彼女はすぐに陽気になった。その姿も、昔となんら変わりない。

「ありがとう。すごくいい曲になると思う」

「本当？　よかった」

ミナミとふたたび顔を合わせることができるようになってから、あの指輪をいつミナミに返そうか、ずっとタイミングを窺っていた。レコーディングスタジオにいる時は、いつも近くに誰かがいて、きっと指輪なんて渡しているところを見られたら、また週刊誌の格好の餌食になってしまう。でも今は二人きりだから、大丈夫だろう。

「そうだ、これ。和江さんから受け取ったんだけど、前園さんに返そうと思って」

僕が取りだした指輪の小箱を、彼女は少しとろんとした目で見ながら、「くれるんじゃなくて？」といたずらっぽく笑った。

「くれるんだったら、今もらってあげる」

「わかった」

僕はそう言って、椅子に座ったままプロポーズをするように彼女の目の前で小箱を開いた。元の世界でミナミにプロポーズした時も、僕はひざまずくことはなく、同じベッドの上に腰かけた状態だった。

「あげるよ」

「覚悟したのね」

彼女はすごく大切なものを扱うように丁寧に小箱ごと受け取ると、中の指輪を自分の左手の薬指に装着した。

「どう、似合う?」

指輪を着けた彼女の左手の指は、天井に向かってまっすぐ伸びていた。大きなルビーはアクセントとして、彼女の美しい指先を引き立てる。それを見た僕は、彼女にすべてを正直に話すことを決心した。

「言わなくちゃいけないことがある」

真面目な顔をした僕を茶化すように、彼女は食い気味に「学生の頃からストーカーでしたって?」と言う。

これから僕がする話を聞いたら、彼女はどういう反応をするのか。こうやって笑い合うこともできなくなるかもしれない。

この世界では、彼女と適切な距離を置くことが、僕にとって当たり前の、何気ない日常になりつつある。それが突然なくなってしまう苦しさを、僕は痛いほどよく知っている。

知っているからこそ、きちんと向き合わなくてはならないんだ。

「実は、俺たちはお互いをとてもよく知っているんだ」

「そうね、少なくともあなたは私をよく知っている。熱心なファンだから」

「そんなんじゃなくて。君と俺は、夫婦だった」

彼女は僕がワイン一口で酔っ払ったと思ったのか、軽く笑い飛ばした。

「近付きすぎてどうかしちゃった？」

「とても愛し合っていたんだ。だから君のことはなんでも知ってる」

僕の真剣な、それでいて切なそうな表情を察したのか、彼女はただ興味深そうに僕の顔をじっと見つめていた。その純粋な瞳に、吸い込まれてしまいそうになる。このまま見つめ合っていたい。でもそれだけじゃダメだ。

「ある日、俺は新しい世界に放り込まれた。それがこの世界。前いた世界では、俺はヒット作に恵まれた小説家で、君は俺の妻だった。だけどこの世界では、君は一流のシンガーで、俺は君のただのファン。一晩で、俺はすべてを失った。偉大な歌手である君は、他の人を愛してた」

頬杖をついたまま聞き入っていた彼女は、「おもしろい話」と言いながら軽く視線を落とすと、「だけど、ちょっとありがちかな」と口を尖らせた。

「俺たちは夫婦だったんだよ。八年前に出会っていたらね」

「大学時代に出会って、恋をするの？」

「ああ、最初はすべてがうまくいっていた。だけど、そうじゃなくなった。俺が嫌な野郎になったのか、初めから俺が嫌な野郎だったのか。君とうまく話せなくなった」

「つまんない」

彼女は不満げに鼻を鳴らす。

「そんな暗い話おもしろくないよ。どうせなら、もっと幸せな話にして」

「そうだね」

彼女はワイングラスを手に取るとそれをかざし、「じゃあ私が考えてあげる」と一気に白ワインを飲み干した。

「八年前に出会っていたら、私はあなたに一目惚れする。どう？」

「最高」

思わず僕は笑みをこぼす。

一目惚れだったのは僕のほうだ。夜のキャンパスで僕の手を掴み、少し前を走っていく後ろ姿。フェンス越しに見た笑顔。左の口もとにできる小さなえくぼ。今も手を伸ばせば触れることができる距離にいるはずなのに、なぜだかあの頃よりも遠くに感じる。

「それですごく情熱的な恋をするの。人生に一度だけ経験するような。世界に自分たちだけがいるって感じるような恋。お金はないけれど、どこに行くのも何をするのも一緒で。それから私は歌手になって、あなたはベストセラー小説を書く。でも売れてなかった頃と変わらず、いつも一緒にいるの。旅行もたくさんして、子どももたくさんできる」

こうしてミナミが語る未来図を、きっと僕の妻だった元の世界のミナミも同じように思い描いていたはずだ。

それなのに、僕は何をしていたんだろう。もっとするべきことがたくさんあったはずなのに、何ひとつとしてまともに叶えられていないじゃないか。

一年近く思いださないようにしていたあらゆる感情が、どっと押し寄せてくる。

「子どもはいなかった。君も、このままいなくていいって」

「ダメよ。三人は育てたい。あとワンちゃんも。子育てに仕事に大忙しで、幸せを噛みしめる暇もないくらい。そうやって気付けば、私たちはあっという間におじいちゃんとおばあちゃんになる。そして最後は海辺の家で暮らす。波の音を聞きながらお茶をするの。最期の日を迎えるまで、静かに二人で過ごしながら」

本当は僕たちに、そんな幸せな未来があったのかもしれない。

そう考えた途端、大粒の涙が僕の目からこぼれ落ちた。これはたぶん、後悔とは違う。ただただ自分の不甲斐なさに打ちのめされているだけだ。夢想するミナミの横顔が、いつしか滲んでまともに見えなくなっていく。

「いい人生でしょ？」

こちらを向いた彼女は、声を詰まらせながら「そうだね。すごくいい人生だ」と答える僕を見て、「そんなにいい話だった？」と笑う。

「最高だよ。そんな人生を送りたくて、小説を書いていたはずだった」

「いつから変わっちゃったの？」

「いつからだったのかな」

どこで間違ってしまったのか。それがわかったところで、僕はもうあの世界に戻ることはできない。彼女との日々を取り返すこともできないんだ。

もうミナミを幸せにすることが叶わないのであれば、せめてこうして彼女と二人でいる時間だけは大切にしたい。テーブルの上に置いていたスマートフォンが鳴った。画面を見ると、ルミからの電話だった。僕は受話を拒否するボタンを押した。

落ち着こうと僕はワインを口に含んだ。

するとミナミは「ねえ、行きたいところがあるの」と僕に言った。

＊　　　・　　　＊

僕の部屋に人気アーティストの前園ミナミがいる。ちょっぴり不思議な気持ちにはなったけれど、ちっとも不思議に思えないほど彼女は馴染んでいる。この世界で彼女がここを訪れるのは初めてだ。でも彼女は、ずっとここで暮らしていたんだ。

一年前に仕事に打ち込むことを決めた夜、僕はデスクの正面の壁に掲げていたミナミのポスターを外した。そうしておいて本当によかった。きっと彼女が見つけたら、「やっぱりストーカーだったのね」と笑っていただろう。

彼女はデスク用のチェアーに腰かけると、「ここがあなたの書斎なのね」と言って、その回転に身を委ねた。

「コーヒーでも淹れようか?」

僕が訊ねると、彼女は「うむ、頼むよ」と文豪を気取る。

デスクの周りには『蒼龍戦記』の設定やアイデアを書き留めたメモが無造作に貼ってある。思い立った時にすぐに執筆作業に入れるように、原稿ファイルの入った創作用フォルダはデスクトップ上に常に開きっぱなしにしているけれど、実際にはまだ数ページも書けていない。

「これ、小説のタイトル？」

手持ちぶさたでパソコンに触れたミナミは、すぐに気付いて僕に訊ねる。

「書いてるの？」

「いや、書こうとしてみたんだけどね。うまく書けない」

そう答えながら、淹れたてのインスタントコーヒーが入ったマグを彼女に渡した。

「ありがとう」と受け取った彼女は、『蒼龍戦記』というタイトルを声に出した。

「読んでもいい？」

「君の嫌いな、暗い話だよ」

僕は彼女のすぐ近くにあったマウスに手を伸ばし、創作用フォルダを閉じた。

「読ませたくないの？」

「……いや」

彼女は期待を込めた目で僕を見つめた。その顔が、僕のすぐ隣にあった。殺風景な僕の部屋に流れていた時間が、ぴたりと止まった。僕らはお互いに少し躊躇いながら、ゆっくくりと顔を近付けていく。

一秒だけ、互いの呼吸を共有する瞬間があったかもしれない。けれどもすぐに電話の音に遮られ、僕らの距離は離れた。

スマートフォンの画面を見た彼女は、「あの人」と小さく言う。僕が頷くと、「ごめん」と言って電話に出た。

彼女は周りの音が田所に届かないようにしているのか、マイクの部分を手で覆っている。

「……わかった。帰る」

少し間を空けてから、彼女はちらりと僕のほうを見た。そして、そっとスマートフォンを差しだした。

*　*

ミナミが田所と一緒に暮らしていることは、なんとなくではあるが察していた。

電話口で田所は、どういうつもりなのか「君も一杯飲もう」と僕を家に招待した。こればっかりは予想外だった。

勝ち誇ったような声に若干の苛立ちを覚えたけれど、時間も時間だから彼女を送っていかなければならない。僕らはタクシーを拾って、中目黒にある彼女の自宅まで向かうことにした。

コンシェルジュ付きのタワーマンションで、廊下は高級ホテルのように足音が響かない作りをしている。部屋の玄関を入っても生活感はまるでなく、絵に描いたような成功者の住まいだった。

人気アーティストとそのプロデューサーが生活をしているのだから、当然といえば当然だろう。

僕らがリビングに入ると、真っ黒なタートルネック姿の田所が「おかえり」と言った。

「シャンパンもあるけど、何がいい?」

いつも僕を睨みつけていたこの男が、なぜ急にこんな笑顔で家に招き入れたのか。苛立たしさよりもかえって不気味な感じがした。

彼はテーブルの上にワイングラスを三脚用意し、赤ワインを注ぐ。そしてミナミの肩に手を置いて「乾杯」と自分のグラスを掲げた。

僕もミナミも、居心地が悪く下を向いたまま、ワインに口をつけなかった。

少しだけワインを飲んだ田所は、気味の悪い笑顔を浮かべたままミナミの髪を撫でる。少し抵抗するそぶりを見せた彼女に「どうした?」と訊ねた。彼女は僕をちらっと見てから、「だって」と答えた。

「こいつは知ってるだろ。交際記事を出したんだから」

田所の表情が、僕の知っているいつもの田所に戻った。

「アーティスト前園ミナミのために、君にできることは何か。真夜中のデートじゃないはずだ」

そう詰め寄られた僕は、小さく頷いた。それで勝利を確信したのか、田所はふたたび満面の笑みを浮かべた。

「まあいい、今日は祝いたい気分なんだ」

軽い足取りでミナミの隣の椅子に座り、「ミナミにいいニュースがある。やっと海外のエージェントとの契約が決まった」と残りのワインを一気に飲み干した。

俯いていた彼女は、「え?」と声を漏らす。僕も思わず田所のほうを見る。

「次のツアーが終わったら、活動拠点をロスに移す。君も、いちファンとして応援してくれるだろ?」

僕は何も言えず、彼女に視線を移した。彼女も困惑した表情で僕を見ていた。

田所のペースに飲み込まれた部屋の空気に耐えられなくなって、僕は赤ワインに口をつけないまま帰ることにした。

「才能がある人間には成功する責任がある」

わざわざ玄関まで追いかけてきた田所は、僕を見下ろすように言った。

「そのために彼女にとって必要なのは君じゃない。私だ。君は、前園ミナミの社会的な成功の邪魔をしている。わかるだろ?」

今は田所の言葉などまったく頭に入ってこない。僕は「おじゃましました」と軽くお辞儀をして部屋を出た。

ミナミが日本を離れてしまう。そうなれば、当然僕らはこれまでのように顔を合わせることはできなくなる。

家に帰ってきた時にはもう深夜一時を回っていた。僕の沈んだ気持ちをあらわすかのように、タクシーを降りると雨が強く降っていた。

アウターについた水滴を払い落としながらマンションの共用廊下を進んでいくと、僕の家の前に誰かが座っているのが見えた。下を向いた状態で、眠っているのか頭が前後に揺れている。

僕はすぐに、それが誰だかわかった。

「金子さん?」

僕の声に気が付いたルミは、とろんとした顔をあげて微笑みかけてきた。

「どうしたの?」

彼女に目線を合わせるようにしゃがむと、少しだけアルコールのにおいを感じた。

「神林さん、電話に出てくれないから」

「ごめん」

ゆっくりと立ち上がった彼女は、足に思うように力が入らないのかその場に倒れ込みそうになった。反射的に彼女の身体を支えると、彼女も僕の腕にしがみついた。

「大丈夫?」

どのくらい彼女がここで待っていたのかはわからない。彼女の肩のあたりはすっかり冷え切っていた。

僕は彼女を支えたまま部屋の扉を開け、リビングのソファに彼女を座らせた。

「ちょっと休んでて」と言って、冷蔵庫からペットボトルの水を一本取りだした。温かい飲み物のほうがよかっただろうか。でも酔いを醒ますためには水分を摂らせなくては。

ペットボトルを差しだすと、ルミはふたたび僕の腕を掴み、今度はぐっと近くに引き寄せた。ペットボトルが床に転がる。

「どこに行ってたんですか?」

彼女はじりじりと僕に顔を近付けてくる。

「え?」

「本が出るまで、神林さんはずっと私のことを見ていてくれました。本が出て、映画化の話になって、神林さん、まるで私から興味を失っていくみたい」

「いや、そんなことは……」

否定するよりも先に、彼女は僕の肩に手を置き、全身の力を込めて僕を押し倒した。僕の上に、彼女が覆い被さってくる。

「作家と担当は、一心同体だって言ってましたよね?」

その言葉を発した彼女の口が、僕の唇を目がけて迷いなく向かってくる。

僕はなんとか彼女の両肩を押し返すように掴み、「金子さん、ちょっと待って。そういうのおかしいから」と言った。

「おかしくないです」

そのまま彼女の身体を持ち上げ、僕も腹筋の力で上体を起こす。

「俺は、金子さんのことはそういう対象として見てない。金子さんのことは、あくまで作家として尊敬してる」

ルミは、今から捨てられることを理解した猫が飼い主を見る時の目つきで僕を見た。悲しさと恨めしさと、もっと自分を見ていてほしいという思いが入り混じったような視線だ。

「……前園ミナミは？」

「え？」

「前園ミナミはどうなんですか？」

不意にミナミの名前を出され、ようやく僕はレコーディングスタジオでの彼女の態度の意味がわかった。

何も答えずにいる僕を見て、彼女は「わかりました」と言って立ち上がる。そして、しっかりとした足取りで部屋を出ていった。

11

週が明けて出社すると、周囲の様子が明らかにおかしかった。

僕の顔を見た誰もが妙によそよそしく、聞こえないようにひそひそと何かを話している。

なんだか僕がこの世界に来たばかりの朝の様子と似ている。

「おい、神林！」

エレベーターを降りて文芸編集部へ向かおうとすると、春日に呼び止められてそのまま会議室に連れて行かれた。

見せられたパソコンの画面には、ルミの写真が添えられたネットニュースの記事が表示されている。

「『少女と兎』金子ルミ、担当編集者からのセクハラ被害を告発」

僕は目を疑った。ここに書かれている担当編集者とは、つまり僕のことだ。

「先生は裁判の準備も進めてる。立場を利用して、あなたが関係を迫ってきたって」

隣に立っていた小松は、僕を軽蔑するような目で見ながら言った。

この前の夜中、たしかに彼女の様子はおかしかった。でも僕に関係を迫ってきたのは彼女のほうで、彼女はおそらく僕に好意を寄せていて、ミナミに嫉妬している。だとしたら、僕が彼女に言った「そういう対象として見ていない」という言葉が彼女を傷付けてしまったのかもしれない。でもそれが、まさかこういうかたちで自分のところに返ってくるとは思ってもいなかった。

「まるで違う話だ」

僕が頭を抱えると、春日は「だろうな」と僕の肩を叩く。

「ただ、出ちまったもんはしょうがない。今後の対応は俺が先方の弁護士と話すから、お前はしばらく自宅で待機してろ」

「……わかりました」

『少女と兎』の映画化の件は、すぐに白紙になった。つまりミナミが完成させたあの曲が、主題歌として世に出ることはない。僕と彼女を繋げるものが、完全に途絶えてしまうことになる。

在宅でもできそうな仕事をいくつか箱に詰めてエレベーターを降りると、エントランスには大勢のマスコミが集まっていた。

ネットニュースには僕の名前までは出ていなかったけれど、『少女と兎』のあとがきには担当編集者である僕の名前が登場していたし、映画化の会見の席にも同席した。だから僕はマスコミに顔が知られている。彼らは僕を見るなり、カメラやマイクを容赦なくこちらへ向けてきた。

「リク、こっち！」

焚かれたストロボで目が眩む。後ろから梶さんの声がして、振り返るよりも先に裏口のほうへと引っ張られた。

地下の駐車場で待っていたのは、梶さんの愛車のマークⅡワゴンだった。後部座席に乗り込むと、「そこだと見つかるから」と、無造作に荷物が載せられていたトランクに身を潜めることになった。

絶妙な姿勢で横になったまま、車は動きだした。地上に出てきた時の眩しさで目を閉じた僕は、そのまま眠ってしまっていた。途中で何度か梶さんに声をかけられた気がするけれど、どれも記憶が曖昧だ。

しばらく経って車が停まると、梶さんはトランクの扉を開けて「いいぞ」と言った。降りた瞬間に、都内とも横浜とも違う、海のにおいがした。

小さいけれどしゃれたデザインの一軒家。表札には「KAJIWARA」と書かれていた。大学時代に梶さんが住んでいたボロいアパートには何度か遊びに行ったことがある。卒業してから引っ越したのは知っているけれど、こんな海が見える一軒家ではなかったはずだ。リビングに入ると、一匹のボストンテリアが尻尾を振って梶さんの帰りを待ち侘びていた。

「ただいまペチカ〜」

そう言って、ペチカという名の犬を抱きかかえた梶さんは、「リクだよ、リク。こちら息子のペチカだ」と僕に紹介した。

ペチカは梶さんに握られた右の前足で、僕に挨拶をしていた。

リビングの大きな窓からは東京湾が見渡せる。おしゃれなウッドデッキも付いていて開放感があり、僕は思わず「広っ！　なんで？」と心の声を漏らした。

「結婚した時にな。思い切って買ったんだ」

「へえ」と納得したけれど、梶さんが結婚していたなんて話は初耳だった。

ソファ横の棚に、小さな写真立てが置いてある。桜の木を背景にして、ペチカを抱えた梶さんと、寄り添っている女性の姿。

この女性には見覚えがある。大学の卒業間際に梶さんが付き合いはじめた、チアリーディング部のカナちゃんだ。

「あっちの世界だと梶さん別れちゃって独身なんですよ。だからてっきりそうなのかと。こっちの世界だと結婚するんだなあ」

自分のことのように嬉しくなって梶さんを見ると、ずっとペチカを抱えていた梶さんは「よく三人で飯も食ったんだぞ」と言って、ペチカを自由にした。

「ま、でも今は独り身だから気兼ねなく。自由に使っていいよ」

心なしか寂しそうな表情に、なんとなく事情を察した僕は、「はい」と答えて頷いた。

そのあたりは元の世界とあまり変わらないようだ。


東京湾の向こうに夕陽が沈んでいく。

穏やかな海面を見つめながら、この前ミナミが語っていた未来図を思いだした。おじいちゃんとおばあちゃんになったら、海辺の家で暮らして波の音を聞きながらお茶をする。ここは彼女の理想通りの場所だ。

ミナミはもうロサンゼルスに行く準備を始めているのだろうか。

今ごろ、文報社では春日たちがあの一件の対応に追われているのだろう。梶さんはわざわざ有休を使って、僕を安全な場所に逃してくれた。思わぬかたちでたくさんの人たちに迷惑をかけてしまったことを反省しながら、僕はビールを少しだけ口に含んだ。

ウッドデッキで潮風をたっぷりと浴びていた梶さんは、こちらを振り返ると「なあ、小説書けよ。他にやることもないだろ」と言う。

「そんな気分じゃないですよ」

笑ってごまかしたけれど、いつ事態が落ち着くのかもわからないし、持ってきた仕事もたいして多くない。小説を書く時間がたっぷり与えられた。そう前向きに考えることも必要なのかもしれない。

＊　　＊

リビングのソファに毛布を敷いて、僕の寝床となる場所を作った。

夕方に梶さんから言われたことを思いだして、持ってきたノートパソコンを開く。書きかけの『蒼龍戦記』の原稿。ファイルを開いても、まだ物語は始まってすらいなかった。

いま僕にできるのは、小説を書くことだけ。

そう思って続きを書こうとしたけれど、思うように指が進まない。書くためのモチベーションになるようなものが、今の僕にはひとつもなかった。夢を叶えるとか、誰かに読んでもらいたいとか。ただ時間を潰すために書いたって、おもしろいものになるはずがない。

顔を上げると、リビングの中央にちょっとした祭壇のようなものが設けられていることに気が付いた。壁にかけられた小さなアンティーク調の棚。ステンドグラスが貼られた観音開きの扉を開けると、そこにはカナちゃんが笑顔で立っている写真と、位牌がひとつ置いてあった。


「梶さん！」

僕はすぐさま梶さんのいる寝室に走っていた。

ベッドに飛び乗ると、布団もかけずに眠っていた梶さんは寝ぼけた声で「おい、やめろ……。そういうつもりで家にあげたんじゃない」と言った。

「梶さん、どういうことですか？　離婚したんじゃないんですか？」

身体を揺さぶると、梶さんは「……ああ」と言って上体を起こし、ベッドの上にあぐらをかいて座った。僕も同じように座って向かい合う。

梶さんは、下を向いたまま話しはじめる。

「三年前、カナはいつものように朝、ペチカの散歩に行ったんだ。その日、トラックが歩道に乗り上げた。帰ってきたのはペチカだけだ。カナは散歩に行ったきり」

そこでようやく顔を上げ、寂しそうな笑みで僕を見た。

「葬儀にはお前も来てくれたんだぞ」

そんな話はまったく知らなかった。青天の霹靂とはまさにこういうことを言うのだろう。梶さんがカナちゃんと結婚したことも、カナちゃんがこの世を去ってしまったことも、僕が元いた世界では起きていない出来事だったから。

僕のなかにずっとあったパラレルワールドの定説のようなものが崩れた気がした。変わっていたのは僕に直接関わりのあることだけじゃなかった。こちらの世界は、まったく別の世界として、独立して存在している。

「言ってくださいよ。俺は知らないんです。わかってるでしょ」

なぜか僕のほうも、寂しくて悲しい気持ちになってきた。それはこの世界に来てから一年、ずっと僕のことを支えてくれていた梶さんがこんなにも大事なことを話してくれなかったからだ。

「俺は梶さんに助けられてばかりです。俺にできることがあれば言ってください」

「充分してもらったんだよ。話を聞いてくれて、一緒に飯を食って。仕事のことでも頭を下げてくれた。三年前に受けた恩を、今のお前に返してるだけだ」

梶さんはそう言って、行き場を失った僕の手をぽんぽんと二回、軽く叩いた。

「なあ、この世界に、生きる価値なんてないか?」

僕がまだこの世界に来てまもない頃、ミナミが僕のことを知らない世界に耐えられずにつぶやいた言葉を、梶さんは繰り返した。いつだったか、梶さんはこの言葉に「カチンときた」と言っていたはずだ。

「この未来じゃない世界に行けるなら、俺はあらゆる努力を尽くしただろうな。今でも少し羨ましいんだぜ、お前のことが」

もうだいぶ前、梶さんが会議室でパラレルワールドについて解説してくれた時、「俺だってここじゃない別の世界へ行きたいって願ったことくらいあるぜ」と言っていた理由が、今になってようやくわかった。

あの日、梶さんが首に巻いていた黄色いバンダナ。リビングに飾られていた写真のなかのカナちゃんも同じものを巻いていた。きっと梶さんは、カナちゃんの形見を肌身離さず持ちつづけることで、その死を何とか受け入れようと、ずっともがいていたんだ。

「でもそんな願いは叶わない。ここでできることをして、生きていくしかない」

ふだんの朗々とした姿とはまるで違う梶さんの辛そうな表情を見て、僕は「すみませんでした」と深々と頭を下げることしかできなかった。

いくら待っても帰ってこない大切な人が、もう決して帰ってくることはないのだと口に出して言うことは、心のなかでそれを理解することよりも何倍も苦しいものだ。

何も知らなかったとはいえ、それを言わせてしまった自分の無神経さを悔やんだ。それでも梶さんは、僕を励ますように、肩をまたぽんと叩いてくれた。励ますのは僕がすべきことのはずなのに。

「小説、書けよ。小説家の自分に戻りたいんだろ？」

その言葉を聞いて、僕の頭のなかにはミナミの笑顔が浮かんでいた。左の口もとにできる小さなえくぼ。それは元の世界で僕の妻だったミナミの笑顔であり、こちらの世界で人気アーティストとして活躍するミナミの笑顔でもある。

僕にはまだやり直すチャンスがある。梶さんは、叶えられない自分の願いを僕に託すように、こうしてずっと背中を押してくれていたのかもしれない。

「はい。でも、戻りたいってだけじゃなくて、読ませたい人がいるのを思いだしました」

目に涙をたたえながら言う僕を見て、梶さんはほっとした表情になった。

「カッコつけてんじゃねえよ」

いつもの調子でそう言った梶さんは「いいからお前は書け、全力で書け。おやすみ」と布団にもぐった。

12

翌朝、梶さんは仕事に行ってくると言って、僕に合鍵を渡して家を出た。

居候をさせてもらっているのだから、いろいろ家事を任せてくださいと言ったけれど、梶さんから返ってきたのは「そんなことより書け」の一言だった。

とりあえず僕に割り振られたのは、ペチカの散歩だけだった。

それでも気晴らしがしたくて、リビングに掃除機をかけた。窓を開けると爽やかな潮風が吹き込んで、四月のにおいを運んできた。ペチカが外に行きたそうにしながら僕の足もとに近付いてくる。

「散歩行くか?」

さすがにここまでマスコミは追いかけてこないとはわかっていたけれど、念のため周囲の様子を窺いながら、おそるおそる外に出る。梶さんの家は、小高い丘の上に造成された住宅地の外れのほうにあって、何軒か家は点在しているけれど、あまり人の気配はない。

ふだんの散歩コースがどこなのか聞いていなかったので、ペチカに委ねることにした。

彼は家を出ると、慣れた様子で右に進んでいく。せっせせっせと小さな歩幅で僕を引っ張り、そのまま海岸に降りる坂道に入った。

電話が鳴ったけれど、ペチカは構わずに先へ進もうとする。僕は「ちょっと待って」と声をかけながら、ポケットからスマートフォンを取りだした。画面には、ミナミの名前が表示されていた。

呼吸を整えてから電話に出ると、彼女は「ニュース、見た」と言った。

「ああ……。迷惑かけてごめん」

「これからどうするの？」

「小説を書こうと思ってる」

そう言うと、電話の向こうの彼女は「小説？」と聞き返した。

「ほら、前に君が読みたいって言ってた」

自然と僕の視線は、この海の向こう側の、彼女がいるであろう方角へ向く。

「ノートなら、私が持ってる」

「ノート？」

「何も書いてない白紙のノート。すごくおもしろいって聞いたんだけど？」

声を聞いただけで、ミナミがどんな表情をしているのか想像できた。

きっと彼女は、和江さんからノートを受け取ったのだろう。和江さんは相変わらず、僕を本読みのボランティアの人だと思っていて、会いに行くたびにあのノートを読んでほしいと言ってくる。

他愛もない思い出話を聞いてもらうお礼として、僕は白紙のページを見つめながら、頭のなかに描いた『蒼龍戦記』の物語を読み聞かせていた。飛ばし飛ばしだから、元いた世界で何万人という人が読んでいた内容とはちょっと違っていたかもしれないが、基本的な流れは同じだ。

別の世界で目を覚ましたガロアスが、勇敢なシャドウという女性と出会い、共に戦いながらその世界の秘密を探っていく。いま考えると、僕が体験しているこの世界とちょっぴり似ている気がした。

「アイデアはいつも頭のなかにある。書き上げたら、いつか君にも読んでほしい」

僕がそう言うと、彼女は「今どこにいるの？」と訊ねてきた。

「海を見てる」

穏やかな海面の向こうに、ほんのりと陸地が見える。そう遠くはない。この景色を、ミナミにも見てほしいと思った。

「こっちもいい景色よ」

彼女は僕の考えを読み取ったかのように言う。その声は、とても嬉しそうだ。

「あなたもよく知ってる。ツアーの最後にわがまま言って追加したの。いつか歌いたかった場所」

「もしかして大学の？」

「ええ」

彼女の願いがようやく叶う。僕もなんだか嬉しくなってきた。

「そりゃあいい。前園ミナミ誕生の地だ」

彼女とめぐり逢った夜のことを、僕はまた思いだした。僕を導いてくれた彼女の歌声。あの時の曲は、『少女と兎』の映画の主題歌になるために生まれ変わる寸前だった。映画がお蔵入りになった以上、もう完成することはないのかもしれない。

僕がいろいろなことを考えていると、彼女は「日本で最後のライブになる」と小さな声で言った。

それは僕がなるべく考えないようにしていたことだ。

「……そっか」

「だから、聴きにきてほしい」

＊　　＊

梶さんの家に戻ると、僕は真っ先にパソコンへ向かった。

ミナミに読んでもらいたい。ただそれだけが、僕を突き動かしてくれる。

彼女が電話口で教えてくれた、大学の講堂でのライブまでは、あと三週間を切っている。これまで何度も書いては削除してを繰り返していた冒頭部分を読み返してみる。これじゃない。一度すべてをまっさらな状態にして、最初の一文からまた書き始める。

今なら元の世界の僕が書いた『蒼龍戦記』よりも、何倍もおもしろい『蒼龍戦記』が書ける気がする。

これまで生きてきた世界ではない別の世界で戦うガロアスは、今の僕自身だ。

僕は朝早くから夜遅くまで、リビングのソファから離れることなく書きつづけた。気分転換が必要になったらペチカの散歩に行く。歩いているあいだもずっと頭のなかではガロアスとシャドウが走りつづけていて、戻ったらまた続きを書きはじめる。それの繰り返しだ。

梶さんは仕事から帰ってくると、僕が書いた原稿をチェックしてアドバイスをくれる。

SFファンとして、編集者の端くれとして、そして何よりもこの世界で僕のことを誰よりも理解してくれている相棒として。的確な助言のおかげで、どんどん新しいアイデアが湧いてきた。

一度書いたことがあるストーリーも、あらためてブラッシュアップしていくことでどんどん作品世界の解像度が上がっていく。そうして芽生えた自信が、さらに僕を奮い立たせてくれる。食事をする時間も、眠る時間ももったいないと思えるほど、パソコンから離れたくない。たぶんこれまでで一番、書くことを楽しめている。

「おもしろい。やっぱ才能あるよ」

梶さんは鍋をつつく手を止めて、今日書きあげたばかりのシーンに没頭していた。

「ガロアスとシャドウのコンビが最高だな」

そう言って梶さんは、ガロアスとシャドウが大きな戦闘を終えて互いを認め合う場面を何度も読み返した。これは『蒼龍戦記』の第一巻のクライマックスを少しだけタイトに書き直したものだ。たしか元の世界の梶さんも、最初に『蒼龍戦記』を読んだ時に同じことを言っていたはずだ。

「でもガロアスは、シャドウを失うことになります」

「なんで？」

不意打ちでネタバレを食らった梶さんは、納得できないという表情で僕を見た。

「そうしないと、前に進めなかったから」

「展開変えろよ。キャラクターの未来を自由にできるのが作者の特権だろ。シャドウがいないと寂しいぜ」

僕は鍋の具材を頬張りながら、梶さんの不平を編集者の助言と捉えて考えをめぐらせた。なぜ『蒼龍戦記Ⅲ』のラストで、シャドウを失う展開にしたのだろうか。他にもいくつか選択肢はあったはずだ。シャドウは元々、ミナミを投影して創りだしたキャラクターで、元の世界のミナミもそれを知っている。

あの夜、バーから戻ってくると、ミナミはシャドウを失うラストが書かれた原稿を読んだまま眠っていた。きっと彼女も、今の梶さんと同じように、いや、それ以上に寂しい気持ちになったのだろうか。ということは……。

「どうした？」

考え込んでいた僕の顔を、梶さんは不安げに覗き込んだ。

「そっか……。なんで気付かなかったんだろう」

頭のなかで、これまでバラバラに散らばっていたいくつもの点が一本の線で繋がった。ミナミと『蒼龍戦記』、それに僕がこの世界に飛ばされた理由。それらは全部繋がっていたんだ。

「この結末を知っているのは、あの日読んだミナミだけだ。彼女はこの結末を望まなかった」

いまひとつ状況を把握できていない梶さんは、頭の上に大きな疑問符を浮かべながら、相槌を打つように頷いていた。

「梶さん言ったじゃないですか、こっちに来たのは、誰かが何かを願ったからだって。ミナミが願ったんですよ。シャドウが活躍する世界を。だから違う結末に書き換えて、それを読ませることができれば、元の世界に戻れるはずです」

これですべてが元通りになるはずだ。

元の世界を離れてから一年間、ずっと閉ざされていた扉がようやく開く。僕は興奮を抑えきれずに飛び跳ね、そのまま梶さんに抱きついた。

梶さんは「おめでとおめでと、よかったよかった」と、適当な感じで僕の肩を何度か叩いた。

＊　＊

物語の終着地が見えれば、あとは一気にそこに向かって進んでいくだけだ。

僕はここまで書いた物語を一旦見直し、ガロアスとシャドウの関係がより際立つように微調整を加えていった。そうすることで、ラストシーンに選択肢の幅が与えられ、ただ書き直すだけではない、重要な意味が生まれる。こちらの世界のミナミにも、シャドウは自分なのだと気付いてもらうこともできるはずだ。

冴え渡った頭と指が連動する。自分でも驚くようなスピードで、パソコンの画面のなかにガロアスとシャドウの物語が構築されていく。


ガロアスとシャドウは、ある大きな真実にたどり着いた。それはガロアスに、本当の意味で元の世界に戻ることはできないのだと突きつける、絶望的な真実だった。しかしガロアスはあきらめない。シャドウはそんなガロアスのために、ひとりで敵陣へと乗り込んでいく。

シャドウを追いかけるガロアス。しかしたどり着いた時には、彼女はすでに凶弾に倒れ、虫の息となっていた。ガロアスは自分の銃とシャドウの銃を手に、最後の戦いへと挑む。

敵を駆逐し、シャドウのもとに駆け寄るガロアス。シャドウは今にも途切れそうな声でガロアスの名前を呼ぶ。ガロアスはシャドウの手を握りしめ、名前を呼ぶ。彼女の手は、少しずつ力を失っていく。その指がほどけていく。

あの夜、僕が書いたラストシーンは、このままガロアスがシャドウを置いて立ち去るところで幕を下ろしていた。

胸のなかに渦巻いたあらゆる感情を飲み込み、ガロアスは後ろを振り返ることもなく歩いていくんだ。

――やるべきことがある。ガロアスはひとりで旅を続けることを選んだ。

そこまで書いてから、彼らを異なる結末へと導くために最後の一文を削除した。

ここからが正念場だ。

ガロアスがこのシーンで感じている、シャドウを強く求める想いを言語化しなければならない。一度立ち去ろうとしたガロアスの頭のなかに、彼女と過ごしたこれまでの旅路と戦いの記憶をフラッシュバックさせる。自分に課せられた使命と、シャドウへの想いとの間で板挟みになり葛藤するガロアス。

――ガロアスはその場に銃を投げ捨て、新たな決断を下したのだ。


そこからラストの数行を、納得のいくものに仕上げるために、僕はかなりの時間を費やした。それはガロアスからシャドウへの想いであり、僕からミナミへの想いでもある。

文末に「(了)」と書き記し、エンターキーを力いっぱい叩いた時には、もうライブ当日を迎えていた。

梶さんの家のプリンターは十年選手ということもあって、パソコンからの伝達速度も印刷速度もあまりよろしくはない。かなりマイペースに、原稿を吐きだしていく。

「急げ！　間に合わねえぞ」

梶さんは白いジャケットを羽織りながら僕を急かした。ここからライブ会場の大学までは一時間以上かかる。もう夕陽が傾きかけていて、開始時間にギリギリ間に合うかの瀬戸際だ。

「プリンターに言ってくださいよ」

「プリ助、急げ」とプリンターの愛称を呼びかけた梶さんは、「先に行ってるからな」と言ってペチカを抱えて車に向かった。

プリ助は最後の一枚を吐きだすところだった。

僕は原稿を封筒に入れて、梶さんを追いかけた。この数日を過ごした梶さんの家。たぶん、もうここに来ることはないだろう。元の世界に戻っても、梶さんは独身だからこの家には住んでいない。この部屋と、そしてカナちゃんの写真に向かって、僕は深々とお辞儀をした。

年季の入ったマークⅡワゴンは、僕と梶さんを乗せて東京湾の上を走っていく。アクアブリッジから見えた東京湾は夕陽で照らされ綺麗なオレンジ色をしていた。

大学が近付いてくる頃には、もうだいぶ日が沈んでおり、代わりに大きな満月が煌々と街を照らしていた。

「ずいぶん綺麗な月だな」

ハンドルを握りながら、梶さんはつぶやいた。元の世界で過ごした最後の夜、僕が宮川橋から見た月もとても大きくまんまるで、バーのラジオが五十年ぶりの天体ショーの話をしていたことを思いだした。

「あの日、世界が変わった夜もめずらしい月の夜でした」

「だったら合わせ技一本だな。小説の内容と喧嘩、それに加えてめずらしい月」

僕はどんな感情であの月を見ていただろうか。もう一年以上前のことだから正確には思いだせない。原稿の締め切りに追い詰められて、ミナミと喧嘩をした。いや、喧嘩というよりも、僕が一方的に彼女に当たり散らしていただけだ。

打ち合わせがリスケになって、そのまま家に残ってミナミに謝ることもできたはずだ。でも僕はそうしなかった。ミナミと向き合うことから逃げて、もやもやとした気持ちを抱えたまま月を見て、酒を飲んで、そしてこの世界に来てしまったんだ。

「やっぱり、ミナミじゃなくて俺が願ってしまったんです。きっと」

僕が今日の月を見つめながらつぶやくと、梶さんは「だったらラストは決まってるだろ」とカッコつけるように言った。

「お前が願えば元に戻れる」

13

大学が近付いてくると、急ぎ足で中へ入っていく人たちが大勢見えた。きっとみんな、ミナミのライブを観にきたのだろう。

梶さんは車を正門の目の前に横付けした。僕は原稿の入った封筒と、ペチカを抱えて外に出る。ペチカを託すと梶さんは、「ここでお別れだな」と寂しそうな顔で言った。

「あの……、梶さん」

感謝を伝えようとすると、梶さんは「改まらなくていいよ」と首を横に振る。

「あっちの俺とも仲良くな。あと、うちのカミさんに……」

そう言いかけて下を向くと、精いっぱい作ったヘタクソな笑顔を僕に向けた。

「元気だったらそれでいいや」

「梶さんとヨリを戻せるように説得します」

「慎重にやってくれよ」

この世界で僕らがこうやって笑い合うのは、これが最後なんだと思った。次に僕が梶さんと笑い合う時は、元の世界の梶さんだ。この一年間の僕らの話をどうやって伝えよう。たぶんどう伝えても、梶さんならば信じてくれるはずだ。

「俺が生きてこられたのは、梶さんのおかげだから。それは全部、あっちの梶さんに返します」

照れくさそうに笑った梶さんは、それを僕に見せないように横を向いた。

「走れ。間に合わなくなるぞ」

「はい」

僕が講堂に向かって走りだすと、後ろから梶さんの「じゃあな!」という言葉が聞こえた。立ち止まって、もう一度だけ振り返る。こっちの世界の梶さんと、ペチカに大きく手を振った。

講堂はキャンパスの奥のほうにある。キャンパス中央のメインストリートを全力で走る。

八年前のあの夜、ミナミと出会って一緒に走ったこの道を、僕は彼女に会うためにひとりで走る。

開演時間まであと二十分。講堂の建物がようやく見えてきた。目線の先に、杖をついてゆっくりと歩く和江さんの姿を見つけた。

僕は立ち止まって、横から声をかける。

「和江さん、おひとりですか?」

少しよろめいた和江さんの身体をさっと支えると、和江さんは「ありがとう」と言った。

「いえ」

和江さんは僕が持っていた封筒に気付き、「あら、それは?」と訊ねた。

「小説を書いたんです。ミナミに読んでもらいたくて」

すると和江さんは、何かを悟ったように僕を見つめ、「今日が最後になるのね」と言った。

「彼女、もう日本を離れるって」

「そうじゃないでしょ?」

「え?」

「あなたが選んだんでしょ?」

僕が呆気に取られているあいだに、和江さんは近くにいたスタッフに「すみません」と声をかけ、座席への案内を求めた。

ゆっくりと会場のなかへ誘導されていく和江さんの背中を見ながら、いつだったか和江さんに言われた言葉を思いだした。

「戻るということは、大切な何かを失う覚悟が必要よ」

この世界にやってきた時、僕はそれまで築いてきた大切なものをいくつも失った。元の世界に戻るとしたら、また別の何かを失うことになるのだろうか。

ミナミに小説を届けるためには、ライブが始まる前に彼女に直接会うしか方法がない。

周囲の目を気にしながら関係者用の通路を抜け、建物の裏口へと回り込む。アンティーク調の外廊下はステージの裏手に繋がっている。控室はその奥の階段を降りた地下にある。

控室の扉をノックすると、中からミナミの返事が聞こえた。彼女はライブの本番に向けて、集中力を高めているところだった。

「ミナミ」

声をかけると彼女は、鏡越しに僕の姿を認めて立ち上がった。

「これ、前に読みたいって言ってくれた小説」

封筒を手渡すと、彼女は驚いたように眉を上げた。

「書き終わったの？」

「ああ、暗い話じゃない。君が好きそうな、ハッピーエンド。ライブが終わったら読んでほしい」

彼女は僕の目を見つめたまま「楽しみ」と言った。その視線は、大学時代にノートを拾ってくれた日に向けてくれたような、憧れに満ちたものだった。

「ミナミさん、開演十分前です」

見つめ合っていた僕らを遮るように、背後からスタッフの声がした。

「はい」と返事をした彼女を見て、僕は「ごめん。じゃあ、ライブ頑張って」と言葉をかけて控室を出た。彼女が何かを言いかけたような気がして振り返ったが、彼女は黙って僕を見ていただけだった。

一階のロビーへと向かう階段を上っている途中で、田所と鉢合わせた。彼は僕に気が付くと「まだうろちょろしてたのか」と鼻で笑った。

「今日で最後です。これが終わったら、すぐに消えますから」

元の世界に帰ったら、この男と顔を合わせることはない。正真正銘、これが最後だ。

開演時刻が近付き、さほど広くないロビーにいた観客たちも皆、客席のほうへと進んでいった。

僕も席に着く。見たところ満席のようだ。ここが人でいっぱいになることなんて、入学式と卒業式以外ではほとんどないはずだ。

照明が落とされた瞬間、暗がりのなかに大きな拍手が響いた。スポットライトがステージ上を照らし、ギターを手にしたミナミが現れる。

彼女はステージの中央に堂々と立つと、「こんばんは、前園ミナミです」と挨拶をした。

それは観客に向けられたものであり、彼女がずっと夢見ていたこの講堂に向けられたものでもあると、僕にはわかった。

動画では何度も観ていたけれど、彼女がこうして大勢の人の前でステージに立つ姿を生で観たのは初めてだった。

あの夜、この場所に忍び込んで歌っていた彼女は、ずっとこの光景を思い描いていたのだろう。講堂いっぱいの観客が、ひとり残らずミナミの歌声に聴き惚れる光景を。

たまに彼女が僕のほうを見たような気がした。あの夜、僕の視線に気付いて歌うのをやめた彼女が、今は僕を見て余裕の表情で微笑み、そして歌いつづける。

ライブが終盤に差しかかった頃、彼女はマイクを手にした。

「次の曲は、私がデビューする前、ただ誰かに自分の歌を聴いてもらいたくて作った未発表の曲です。ある人が、あの頃の自分を思いださせてくれて、完成することができました。この歌が、皆さんにも届きますように。それでは聴いてください」

そう言うと彼女は、目を閉じた。スッと息を吸って、最初のフレーズを口にする。

その瞬間、僕は一気に大学時代へと引き戻された。

初めて出会ったあの夜、この講堂には僕と彼女しかいなかった。彼女の歌声が、本当は出会うはずがなかった僕らを繋げてくれた。一緒にキャンパスのなかを走り抜け、彼女に恋をして、たくさんの時間を共有して、一緒に暮らして一緒に笑い合って、愛し合ったこと。僕らは、僕ら二人だけの世界を作っていったんだ。

でも彼女が僕の夢のために、自分の夢を犠牲にしていたこと。それに気が付きもせず、彼女に冷たくしてしまったこと。

こちらの世界に来てから何度も何度も思い知らされた。僕と出会わなければ、彼女は夢を叶えることができたんだ。その事実を突きつけられて、それまで僕が知らなかった、知ろうともしなかった彼女の姿を、表情を、見ることができた。

僕が大好きな彼女の歌声は、もう僕だけのものではない。今この空間には、僕と同じように彼女の歌を愛している人たちがたくさんいる。

いつの間にか僕の頬を、涙が一筋伝っていった。

悔しさとか悲しさとか不甲斐なさとかそういうネガティブな感情ではない。ミナミがアーティストになる夢を叶えて、たくさんの人をその歌声で魅了して、ずっと立ちたかった講堂のステージに立っている。

その瞬間に、僕は今、たしかに立ち会っている。嬉しいなんて簡単な言葉では言い表せないぐらい、最高に幸せな気持ちだ。

「戻るということは、大切な何かを失う覚悟が必要よ」。和江さんに言われた言葉が、ふたたび頭のなかをよぎった。

ミナミがあの小説を読んで、もし僕が元の世界に戻ったとしたら、この世界はどうなってしまうのだろうか。梶さんやペチカや和江さんや、ここにいる人たち。そして、ミナミ。

ミナミの夢は、また振りだしに戻ってしまうのだろうか。

僕はこの期に及んでもなお、自分のことしか考えていなかったのかもしれない。僕が守らなければいけないのは、彼女の夢だ。どんどん大きくなっていく夢を。元の世界で、彼女が僕にしてくれたように。僕はそのすべてを、彼女に返さなければならない。

僕は歌の途中で席を立った。

ロビーに出ると、講堂から洩れ聞こえる歌声を打ち消すほどに静寂に包まれていた。

地下の控室へと向かい、彼女に渡した原稿を握りしめた。迷いはなかった。近くに置いてあったメモに、ペンを走らせる。

——君の幸せを願ってる

ライブ会場で響き渡った満場の拍手は、ここにもたしかに届いていた。

*　　*

彼女に読んでもらおうと思って書いた小説は、通路のゴミ箱に投げ捨てた。

外廊下に出ると、大きな月が僕を見下ろしている。これでよかったんだ。僕は自分自身にそう言い聞かせた。

「どうして？」

ミナミの声がした。振り返ると、彼女はステージに立っていた時の衣装のまま、息を切らしながらやってきた。

「ごめん。やっぱり小説は読ませられない」

彼女は僕を睨むように、強い眼差しを向けたまま黙っている。これでいい。もう一度自分に言い聞かせる。

「俺はバカだ。また自分のために小説を書いていた。自分のことばかり考えて、同じことを繰り返してた。でもこれじゃダメなんだ」

「どういうこと？」

「君の世界を、もう壊したくない」

せっかく叶った君の夢を、もう僕に奪うことなんてできない。

「ふざけないでよ！」

彼女がこんなに大声を出すところは初めて見た。

「なにそれ。勝手なことばかり言って。あなた、現れてからずっと私のことをかき回してばっかり！」

彼女が怒るところだって、もう何年も真正面から見たことはなかった。不思議だ。怒られているのに、ちょっとだけ嬉しくなってしまう自分がいる。まだまだ僕の知らない彼女がいっぱいいいる。

「たしかに最初はそうだった。あなたは自分のことしか考えていない、勝手な人だと思ってた。だけど本当は違う。ずっと、私のために頑張ってくれてたんでしょ？」

僕は何度も頷いた。ミナミのために頑張ったけれど、この世界では、元の世界にいた僕だって、自分の不甲斐なさを感じることしかなかった。

「そうだよ。そのつもりだった。だけど実際は……」

「実際って何？　実際に小説を書いてくれた。違う？」

「だからあれは、自分のためで」

「私に読ませるためだったんじゃないの?」

潤んだ彼女の目を見て、僕らの想いが通じ合ったあの夜を思いだした。「読ませてね」と言ってくれた彼女に、僕は「ひとり目の読者になってほしい」と言った。僕にとって彼女は、ひとり目の読者であって、たったひとりの読んでほしい大切な人だ。

「そうだ。そのつもりだったはずなのに、いつの間にか……」

僕はとても大事なことを忘れていた。あの喧嘩した夜、「読ませて」と言った彼女に僕は何て言った? 本当に僕は嫌な奴だ。自分で言った大切な言葉さえも蔑ろにしてしまうなんて。

「だったら、もう一度やり直してよ」

「もう一度?」

「新しく聞かせて。今度こそ、私のために」

そう言って彼女は、和江さんの部屋にあった白紙のノートを僕に差しだした。

ノートの最初のページには、僕が書いた「蒼龍戦記」の文字がある。もう一枚めくると、小さな猫のイラストに「どんな話が始まるのかニャ」と吹きだしが付けられていた。

懐かしくなって、僕は思わず笑ってしまった。彼女もそれにつられて微笑んだ。

ノートを閉じて、「何から話せばいい？」と訊ねると、彼女は僕の手を握った。

「それ、もう始まってる？」

「まだだよ。今考えてる」

僕が見つめていることに気が付いた彼女は、そっと視線を上げる。僕らはこれまで何度もそうしてきたかのように自然なタイミングで目を閉じ、くちづけを交わす。

この世界に来てから初めて、彼女の唇に触れた。僕がよく知っている唇で、僕がよく知っているミナミだ。

月にかかっていた雲が流れて、僕らにスポットライトのような光を当てる。このまま僕らは光のなかに吸い込まれていくような気がした。

エピローグ

僕がやるべきことは、ミナミとただ仲直りすることでも、ガロアスとシャドウに新たなラストを用意してあげることでもなかった。僕のせいで分岐してしまった僕とミナミの物語を、またもう一度、初めから語り直していくことだったんだ。

きっとそうすれば、僕ら二人が望んでいた未来を、そっくりそのまま描ける世界に戻ることができる。

目が覚めると、僕は自分の部屋のベッドの上にいた。この感触はなんだかすごく久しぶりだった。ミナミと一緒に暮らしはじめた時に買ったベッドによく似ている。僕は元の世界に戻ってきたのだろうか。

隣を見ると、いてほしい場所に彼女の姿はなかった。

どこからどこまでが夢だったのだろうか。今の僕は何者で、ミナミにとって何なのだろうか。

ベッドの上で身体を起こし、まだ少しだけ重たい頭を目覚めさせようとすると、いきなりクッションが飛んできた。

「いてっ」

思わず声を上げると、「遅い」とミナミの声がした。

「朝ごはん、リクの担当でしょ」

彼女はリラックスした服装で、僕の目の前にいる。

「ミナミ……?」

彼女の後ろには、僕が作家をしていた時に使っていたデスクが見えた。部屋の壁の色も、リフォームで取り払った壁も、家具の配置も、すべて僕とミナミが一緒に暮らしていた元の世界と同じだ。

「そうだ、新曲のタイトル一緒に考えてよ」

そう言ってミナミは、部屋の目立つところに置いてあったギターを手にしてベッドの上、僕の足もとに腰かけた。

「いいの思いつかなくて困ってるの」

ギターを構える彼女が、手の届くところにいる。

僕は感極まって彼女を強く抱きしめた。

この部屋には大学生の時に出会って恋に落ちた僕らの思い出の写真がいっぱい飾られている。ベストセラー作家の僕と、人気アーティストの彼女。それはこれからもどんどん増えていく。

久保田和馬

1989年生まれ、横浜市鶴見区出身。獨協大学法学部在学中に自主映画の制作を行ない、卒業後はTSUTAYAと映画館勤務を経て、13年より映画・テレビドラマライターとして活動を開始。「MOVIE WALKER PRESS」、「DVD&動画配信でーた」、「リアルサウンド映画部」、映画パンフレットなどで執筆。

登米裕一

1980年生まれ、島根県出身。大阪府立大学在学中に演劇ユニット・キリンバズウカを立ち上げ脚本・演出を担当。脚本家としてドラマ、映画、舞台と幅広く活動。近年の主な作品に映画「くちびるに歌を」、「チア男子!!」、「きみの瞳が問いかけている」、連続ドラマ「人生が楽しくなる幸せの法則」、「僕の初恋をキミに捧ぐ」(スピンオフ)、舞台「SHOW BOY」、ミュージカル「デパート!」などがある。

福谷圭祐

1990年生まれ、大阪府出身。近畿大学在学中に演劇を学びはじめ、匿名劇壇を結成、旗揚げ公演「HYBRID ITEM」を上演、以降すべての作品の作・演出を手掛ける。16年、第23回OMS戯曲賞で作「悪い癖」が大賞を受賞。テレビ、ラジオ、映画での脚本も担当している。

この物語はフィクションです。作品に同一の名称があった場合でも、実在する人物・団体などとは一切関係ありません。

ノベライズ　知らないカノジョ

2025年2月7日　第1刷発行

著者　久保田和馬
脚本　登米裕一　福谷圭祐
発行者　五十嵐淳之
編集人　佐藤英樹
編集　佐藤英樹
発行　株式会社ムービーウォーカー
〒102-0076 東京都千代田区五番町3-1 五番町グランドビル3F
発売　株式会社KADOKAWA
〒102-8177 東京都千代田区富士見2-13-3

印刷・製本　TOPPANクロレ株式会社

装丁　thumb M

●本書の無断転載を禁じます。本書の無断複製（コピー、スキャン、デジタル化等）並びに無断複製物の譲渡および配信は、著作権法上での例外を除き禁じられています。また、本書を代行業者などの第三者に依頼して複製する行為は、たとえ個人や家庭内での利用であっても一切認められておりません。

●定価はカバーに表示してあります。

●内容に関するお問い合わせ先
https://moviewalker.co.jp/　※内容によってはお答えできない場合があります。

●製造不良品につきましては下記の窓口にて承ります。
0570-002-008（KADOKAWA 購入窓口）

ISBN 978-4-04-000665-9　C0093　Printed in Japan

©2025「知らないカノジョ」製作委員会　©2025 MOVIE WALKER